月光花下的
出离

李燕蓉／著

北京出版集团公司
北京十月文艺出版社

自
画
像

每一个人都行走在找寻出口的路上：或许只是一次逃避，也可能是一个遥看光亮的地方，或者仅仅是一个充满温暖的怀抱，又或许只不过是一个可以自由呼吸的方式……

~~~~~

Contents / **目录**

第一章　晚宴　　　　　　　　1

第二章　开始遗失　　　　　　11
月光开出的花　　　　　　　19
有阳光的早晨　　　　　　　31
还能再锋利　　　　　　　　40
枝蔓　　　　　　　　　　　52
谁的出口　　　　　　　　　66

第三章　剖开　　　　　　　　95
叫"午后"的女人们　　　　115
梦境般滔滔不绝　　　　　　142
分享秘密　　　　　　　　　171
走吗？走吧　　　　　　　　181
另一段生活　　　　　　　　183

第四章　可能发生的事　　　　197

第一章

晚宴

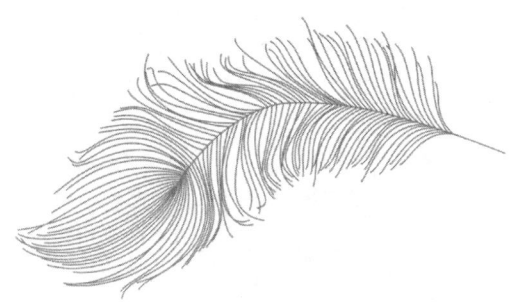

一

雨的影子遮掩了整个白天，让云凌有一种错觉，似乎一睁眼已经是傍晚了。

母亲一直在忙碌，即使没有醒，云凌都知道母亲在忙碌，这种感觉一直持续了很多年。其实，母亲完全可以选择在昨天、前天、上个月或者是之后的任何一天找她说这些话，但母亲似乎固执地认为，只有十八岁生日这一天才是她人生另一个阶段的开始。她知道母亲还做了头发。每次母亲从理发店回来，除了头发上那不可思议仿佛打了蜡的地板般的光泽，还有理发店特有的各种化学品混合在一起的香气。那天的空气里还有母亲莫名亢奋的情绪。

在过去的许多年里母亲只为了那些如过江之鲫般的男人做头发，为了她，这还是头一次。每次母亲把男人带回家总会问她好不好。尽管她心里完全不清楚好与不好的界限在哪里，但看到母亲突然变成一副弱小的模样，她还是会害怕地点点头。母亲在做头发的那几天情绪时好时坏，不停地趴在卫生间照镜子，她不明白母亲为什么会望着镜子中的影像时而开心、时而沮丧，仿佛镜子随时可以把母亲变成另外一个人，可以变出另外一个世界来。她也试图从镜子里看出些什么，但除了自己，她从未发现过任何东西。

母亲为了她专门做头发这件事让当天的气氛变得异常隆重，而这份隆重对云凌而言其实是匪夷所思的。她承认，成长的确是一瞬间的事儿，仿佛推一扇门：推开、走出去，就不再是门里那个人，但那个瞬间究竟在哪里没有人会知道，它不是课程表也不是一个刻度会提前写在那儿。那种感觉她有过两次：一次，是同最要好的朋友，先是误解，然后不断解释，然后大家都努力保持了之前所有的亲密，包括无话不谈的氛围，尽管两个人都在滔滔不绝地说话，但只要一停下就会有大片的空隙生硬挤进来。彼此都感觉出了尴尬，却尽量用密集的话填充，直到一个下午，她清晰感觉到心底有类似树枝折断的声音，那一刻，她突然明白她们之间所有的一切，包括亲密都将一去不复返了，越是解释、越是补救，补丁就会越大、越刺眼，如同徒手捞月亮的猴子，不断打捞的过程除了溅起更多的水花，水中的月亮也会碎得更快。当时背后的晚霞像之前她们曾经一起度过的任何一个傍晚一样——明艳生动，她眼睁睁看着晚霞消失殆尽才拍了拍最要好朋友的肩膀，然后转身离去。从那天起，她明白多数时候弥补都是徒劳的，而且毫无意义。第二次和父亲有关。父亲在她四岁时去世，父亲的死对她而言更像是一则新闻，从头到尾她都在场，但留在记忆里的只有混乱、哭泣和嘈杂。她一直认为对于父亲没有任何记忆，也不应该有，但是初中毕业后的某一天，在回家的路上走着，前面一个三岁的孩子摔倒的瞬间却让她心口疼了一下，父亲从记忆里嗖地跳了出来，那些一起玩耍的情景竟然就从那刻起逐渐清晰了起来，她几乎都可以感觉到父亲把她扛到肩上的感觉，还有父亲的笑。记忆，原来并非书本上说的会随着时间的流逝而流逝，它只是藏匿在了某个角落，因为与你久不谋面而变得模糊生疏，只要你转回头，它一直都在。

　　就在那天晚上，她问母亲，父亲是不是很爱笑？母亲愣了很久反问她："怎么了？是不喜欢王叔叔吗？"随着母亲话音落地，她突然明白，多数时间里人与人心里的节奏都不可能在一个鼓点上，母亲过去曾不厌其烦地和她谈起父亲，那时她只是自顾自地玩，没有任何感觉，此刻，当她主动谈起父亲，母亲却是这样的反应，对母亲而言父亲应该早已居住在别处了吧。十八岁生日，如果一定要谈话，她也只想谈谈父亲，那个对母亲来说已经遥远了的男人。

二

　　云凌的母亲像所有那个年代出生的人一样有个积极进取的名字——向红，唯一不同的是很多人叫张向红、李向阳、王向东，而她姓向名红。

　　雨在天快擦黑的时候和向红忙碌的身影一样终于停歇了下来，看着自己准备的一切，她莫名地激动着。或许是为了掩饰激动，或许是为了增添气氛，她破天荒地喝起了酒。看云凌的眼神也如同看一件晶莹剔透的瓷器般带着爱怜。这让云凌多少有些不习惯，尽管向红在平时也是和蔼的，但更多的是忙碌。似乎时间都一格一格分好了摆在那里，绝不轻易地在任何一件事上多停留一秒，包括说话。此刻的云凌却突然变成了她注意的焦点。仿佛舞台中央光束下旋转着的一个小人儿，强光下可以看见尘埃也在飞舞。

吃饭时向红语速缓慢，保持着她认为合适的节奏和频率，云凌偶尔也回应几句。吃完饭进入卧室后，随着酒精的释放向红逐渐陷入冗长的滔滔不绝的回忆性叙述里。从出生开始到她认为重要的人和事几乎都描述了一遍，当然也谈到了男人。云凌唯一庆幸的是母亲没有把父亲统归在那群男人里。母亲习惯性地说，那些男人如何如何，然后又说，你父亲如何如何。内容对云凌来说并不是最重要的，她也不关心，她所在乎的就是母亲还是把父亲和他们区分开来，因为这个形式，她觉得有义务听完母亲的叙述，无论多长、多无趣，她都会听完。接近半夜的时候向红突然停顿了很久说："记住：不要相信什么男人的爱情，这个就和鬼一样，谁也没有见过。"说完笑了笑又继续说那些她不堪回首又刻骨铭心的所谓爱情，每说完一段向红都会总结出几句名言警句一样的东西。云凌从来没有见母亲这么话多，母亲就像她小时候玩过的上了发条的一个木偶，头和身体随着话语的轻重、情节的不同而摆动个不停。她完全不知道这一切怎么才可以停下来，只是看着母亲一直说下去，到最后耳朵进不去任何声音，只能看见母亲的嘴唇上下翻动。

给母亲盖被子的时候云凌看见母亲半张着嘴呼吸沉重，因为嘴唇半张加重了脸部的松弛，而松弛又突显了皱纹，那一刻，她清晰地目睹了母亲的老态。尽管很多年后，母亲依旧时常会去做做头发，脸上也常常抹得油光水滑，当然也常常有人称赞母亲驻颜有术，但对云凌而言母亲从她十八岁生日那晚已经开始苍老了。

之后的很多年里，云凌一直刻意回避十八岁生日那一晚的情景。和母亲的衰老比起来更让她不安的是母亲的脆弱和幼稚。在母亲喋喋不休的叙述里，生活和情感的过往被拉扯得非常脆弱，一不留神就会有折断的危险；更为匪夷所思的是母亲说了那么多不要相信爱情的话，却花了人生近一半的时间去追逐它，现在还没有停止的迹象，并且还要告诫她人生该如何走更正确，怎样才能永不后悔。那晚，那些话，还有酒醉昏睡过去的母亲迟暮的容颜，都让云凌的心里倍感沧桑，甚至生出了些许的厌恶来。多年后，再回想起那一幕，仍旧会有泥泞潮湿的气味溢出来。生活远非母亲说的那么黑白分明，不在此端就在彼端，而且母亲所说的一切对她没有起到任何作用，不但如此，在二十五岁那年，云凌甚至有种错觉：她正在一步步踏着母亲的后尘——陷入盲目而毫无前途可言的情爱里不可自拔。

三

向红最初对此一无所知，那晚与其说是为了云凌倒不如说是给自己多年的心思有了一个交代。最早是因为回想自己的人生，感觉父母连一点点建设性意见都没有提，自己直接就迈向了轮回的道路，有很多遗憾。后来，一个周末，云凌的父亲陪上司钓鱼，渔钩挂在了高压线上，来回拉扯中人竟然就那么挂了。描述丈夫死亡的过程，见证者眼睛瞪得老大。关于丈夫去世那几天所有的记忆只是一群群络绎不绝的人，家仿佛是一个集市一般，人声嘈杂却又很难听清某个人具体在说什么，有人不断在收钱、数钱、支出，也有人握着她的手看起来比她还要难过，孩子像被藏匿了一般，既看不见也听不见任何和孩子有关的事情……能够冷静想事情的时候，家里只剩下她和女儿两个人。丈夫的离去起初更像是一个大变活人的魔术，一眨眼就消失不见了。常常一觉醒来，她会以为一切只是一个梦境，她没有丝毫的心理准备，他也没有给她留下只言片语。后来，即使适应了也还是很难把他与父母那种寿终正寝的死联系在一起。他不像是去赶轮回倒像是为了某个秘而不宣的任务躲藏了起来。唯一清晰可见的是三万死亡抚恤金，偶尔她会有种错觉——丈夫是为了这些钱才离去的。在他们之前的生活里曾经无数次谈到过钱，谈到有了钱的生活该怎么过，但无论怎样瞎想瞎谈都没有谈过三万这个数字，那个数字对他们来说实在太大了，以至于连想都觉得是种奢望。而他的离去竟然轻而易举地就让奢望变成了现实。向红在家里没人的时候喊过几次丈夫的名字，然后一个屋挨一个屋找一遍，喊的时候她并没神经错乱，只是心里不甘而已，只有在自己一次次的不断确认下，她才能相信那个与自己同床共枕十多年的男人是真的消失了、没有了。

当向红意识到男人的离去并没有让她的生活陷入窘境已经是一年之后的事了。那些需要上十几年甚至几十年班才能攒够的钱在丈夫离去后像房梁般撑起了她整个的生活。除了生活无忧，男人们也像慕名的游客般陆续赶来：有托人介绍的也有自己主动奉送的，在很多人眼里向红儿乎是迎来了自己的第二春。这样的局面按理说很快就应该有个结果，但向红偏偏在感情里永远是个幼稚又摇摆的人，男人合适与否似乎既不取决于现实也不取决于理智，不要说旁人，恐怕连她自己也很难说清楚究竟要什么，加上那笔抚恤金完全可以让她和女儿过得无忧，十几年里竟然谈来谈去转来转去最后还是回到了丈夫刚去世的那个原点。

和多数母亲一样，自己没有做到的总期望一切在女儿身上能得到改观，好的、不好的、她的还有他的优质基因都能在孩子身上最终达到圆满，或者准确说是——重生。在向红的思维里十八岁意味着长大，而长大意味着真正的人生即将开始，在女儿即将展开的人生画卷里，她觉得自己有责任也有义务告诉女儿怎么起承转合、怎么一气呵成，总之，她坚信有了自己的告诫女儿的人生一定会有所不同，至少，不会像她一样，尽管多数时间里她也并不觉得自己的生活有多糟糕，但还是希望女儿会更圆满。

女儿十八岁生日前一个月，她已经在心里详细铺排谈话的内容，甚至常常自言自语地演习。那个夜晚，她知道，云凌还给自己盖了被子，一切和她想象的一样，或者比想象的还要好，她甚至在回忆时彻底感动了自己：女儿一定会庆幸有她这样的母亲，肯为孩子的十八岁生日精心准备。那个生日对向红的重要程度，已经远远超过了她关于结婚的记忆，在后来的人生岁月里向红常常装作不经意地提起，随着她的不断提起，那个晚宴也不断被赋予着更多新的内容，她仿佛是一位并不勤勉却有足够耐心的画家，每过一天或一年就会在画布上添一两笔，历经流年后，色彩逐渐浓重成了一幅画的样子。每次当她开始说：

"云凌，你还记得那晚吧……"只要她这样开头，云凌总会尽可能第一时间找借口躲出去。

第二章

开始遗失

"我曾经触摸到的不过是我的幻影而已。"

"很多时候，我以为我看见了，其实没有，当我以为我完全忽视的时候，一些真相才正步步靠近。"

"从来没有所谓的真正意义上的快乐可言，一切都需要架构，需要铺垫。"

"不要说颤动的是你的心灵，如果你从未对一个人颤动过身体，那么心灵根本就不存在。而颤动本身或者根本就不是一个动词，是静止的，静止的动。"

"此刻，没有任何人，连我自己也没有，但还是感觉到了窒息，窒息的唯一解脱是你像鱼一样吞没我。"

"有人在脑子里喋喋不休地说个没完，但她的身体却毫不配合地游走了。它们在床上开始扭动、弯曲、伸展，它们知道快乐的门路快乐的秘诀，它们不需要她的配合，轻而易举地就通过了，直达水底，她看见了水花，比刚才更为隆重的水花漾了出来。"

"在街灯的反射下，她看见她的脸像水波纹一样不可控制地抖动着。后来，车速慢了下来，车窗外的树、房子，还有人群，一切模糊的景象重新又清晰了起来，是的，一切还是又变得清晰了。"

"事物常常被意义和语境所覆盖。我们日常总习惯性地行走在这些所谓意义的光滑表面上。我们很容易就听到别人告诫我们：应该这样，不要那样，那样做是毫无意义的。真正的意义是什么样呢？绘画作为一种影像艺术是要去说明表现意义呢，还是应该把这些意义和语境从客观的周围全部剥除干净？我不想把人作为描绘对象，因为人本身带有太多的意义……"

　　这些字句写在大小不一的纸上，收拾起来有整整一大摞，还有一些写在本上。宁远看了好几天看得头昏脑涨也没有理出头绪。他不明白云凌为什么要浪费这么多时间写下一堆零碎儿，有这样的时间完全可以写一篇完整的文章甚至是一个论文出来，同时也奇怪为什么自己过去竟没有注意到她写了这么多。过去如果在一起，多数的时间里他的手会停留在她的身体上，有时也会讲单位的人和事，但很显然和那些每天都会发生的杂事比起来，他更感兴趣的是她的身体。他记得曾经把手放在她身体上说，已经厌倦了每天写新闻通稿，要写一个小说，封面上就写"献给最特别的凌"，当时云凌笑得前仰后合……此刻他能想起的零碎记忆里，他的手总是搁在她的身体上，而她总是笑着。

　　除了摊在手边这些毫无关联又堆积如山的字句，云凌没有留下任何一个字表明她要离去，屋子里更没有任何迹象表明她已经不在这里。平时整齐摆放的依旧整齐摆放在那里，散落在床边的内衣如同往日要出门前一样，包括枕边的书也如往常一样倒扣在床上。她总是这样，他说过她好多次，说女孩子怎么对书都没有个精致样，甚至还送了好几个挺好看的书签给她。云凌从来不以为然，书照旧倒扣在床上。如果不是已经连续一星期打不通她的电话，他会以为她只是去厨房拿一杯水，或者是去楼下拿快递，片刻就会回来站在他的面前。

看着警察把所有认为对破案有用的东西全装在一个袋子里，包括那些纸片，宁远开始后悔，或许他应该留下一两页纸的，至少那是云凌的东西。

房间在警察走后也暂时贴上了封条。

一个月内他五次被叫到警察局。第一次问得很详细，报案时问他的话又全部重复了一遍，每次记录完都会按手印，按完照例给他张卫生纸用来擦手指上的印泥。他总是反复擦很久，然后把纸在手里揉成一团最后揣裤兜里，有几次到洗衣服的时候才拿出来扔掉。后来的几次讯问会先和他说明一下办案的进展，然后再问他很多关于云凌的事。几次讯问都是同一个人，第一次讯问完宁远知道他姓张，再去警察局就叫张警官。每次见面宁远总是习惯性地伸出手，最初张警官只是抿嘴笑笑，完全无视他手的存在，后来几次见他执着地伸出手，虽然还是抿嘴笑笑但终于如同试水温般轻轻和他的手碰握了一下。宁远在心底笑了，云凌说得没错：很多时候如果你足够执着、不停重复，没有谁能视而不见。再后来一见面，张警官会和他一样伸出手握一下。谈话的时候张警官会一直盯着他的眼睛，试图看出些什么，他总是以同样认真又松散的目光回应他。他明白在这点上没有几个人能赢得过他，连做心理咨询多年的云凌都未必行。

第五次讯问结束他站起来，张警官突然拍了他肩膀一下，问：

"你为什么没有那么难过呢？"

宁远很突兀地笑了：

"因为现在只是找不到，我总感觉她没有完全消失，总感觉她应该在某个地方待着。"

"那你干吗找都没找就那么快报案？"

"我……"

张警官似乎并不打算听他的回答，笑了一下示意谈话已经结束，他可以走了。

出来，阳光有些刺眼，但并不炙热。摸出一支烟点着，抽了好几口宁远仍能听到自己鼓点一般的心跳。他不是贼，但此刻他像贼一样心虚，而且惶恐，甚至是羞耻的不安。为什么报案？云凌的电话打不通的第一天、第二天，他没有太在意，但第三天打到咨询室也找不到的时候他开始坐立不安了。当然，他也担心云凌，但内心深处更担心的应该是自己，他的书就要出版了，第一本书，他不想因为任何事情的牵扯而导致新书夭折。关于云凌的消失，就像她之前和他说过的——潜意识有时比理智要更真实。

潜意识里他感觉云凌并没有从这个世界消失，但偶尔理智会突然跳出来告诉他——云凌已经没有了，越想就越觉得她是真的没有了。而他是和她最有关联的一个人，就算他什么都没有做过，也会是第一怀疑对象。而被怀疑在不负责任的口口相传之下很快会演变成事实，或者还会出现冤情，这种情形他见得太多了，他不能把自己搞得这么被动。所以，只是简单地寻找，没有找到，他就报案了，一切就这么简单。他和警察极尽详细地描述了他发现云凌消失后所做的一切，等待、煎熬、找寻、发现，包括看那些毫无关联的碎片般的字句。但是对于警察提出的人消失后他寻找过哪些地方，他唯一能答的只是给咨询室打过电话，记录的民警在他说完这句话后匪夷所思地笑了一下，报案那天他和警察说的最后一句话是：

"虽然没有任何迹象表明她被害，但是出于一个公民的责任、出于一个好友的关心，还是选择先报案。"

这句话在说出来之前已经在宁远心里打了无数遍的腹稿。"责任"这个词有多重要，以他多年来写通稿的经验，没有人比他更明白，只要和"责任"这个词联系在一起，无论初衷如何、结果怎样都会让人心生好感，而且无从指责；而朋友，可以是男女朋友，也可以仅仅就是朋友，这样一个词可以涵盖所有，既不会在字面上第一眼凸显他们的关系，又不能证明他隐瞒了什么。他精密地铺垫了这一切，就为了事情发生万一的时候他可以摆脱一切负面猜测。而要摆脱这一切的源头竟然是和他曾经最亲密的、言语和身体随时可以自由交集的女人。最狂热的时候，他对她说：剖开我的心拿去吧……为了你我会去死……任何时候，只要你危险我永远比你更危险，因为我会挡在你前面……他相信只要有足够的时间，他一定还会说更多赴汤蹈火之类的情话。说那些话的时候，他和她缠在一起，那一刻其实他真的有种为她付出一切的冲动，但是，跨越过身体、跨越过空气，再跨越过琐碎，现在，第一时间他只想到了自己。宁远有些想哭，不是那种低低的饮泣，是歪曲了面孔高声大嗓的哭号。

但是，没有。

阳光下夹着烟的手指有些干燥脱皮，他认真看了看手指，然后把烟头往远处弹去，烟头划了一个弧线又在地上跳跃了几下冒出最后几个火星然后沉寂。他没有回头，径直向前走去。

月光开出的花

一

一大早小军打来电话说，经理希望书名改一下。因为《月光开出的花》太文艺了，现在已经不流行这样文艺的书名，建议他改成《嗜血》或是别的更吸引人的名字，最后说：

"你要明白现在的人有多忙碌，而市面上的书比尘埃还要多，你不特别一点怎么能够吸引到他们，你不要老是咬文嚼字了，好好想想怎么改吧。"

小军是宁远的大学同学。毕业闲晃两年后和同校不同届的杨利民在一位顾姓男人的撺掇下组建了一个叫"原味"的文化公司。尽管暂时只有三个人，他们还是严格地设置了一个经理、两个副经理的头衔。顾算是这个文化公司牵头的人物，理所当然位居经理。谈判、策划、定选题基本都由他来掌握，尽管比他们大不了几岁，但和他们完全不是一类人。顾平时极注意个人形象，穿衣挺括笔直，头发虽然稀少却都一根根服帖地梳在脑后，稀少头发下的皮肤更是光亮紧实，只有眼袋略微大了些，灯光下看像是又倒挂了一对眼皮似的，但整体来看还算精神。不像他们，多数时候都和这个城市的天空一样灰沉沉的，偶尔亮一下也是因为荷尔蒙的刺激，随后会更加晦暗。曾经很长一段时间宁远和小军聊天最后总能绕到女人身上，顾经理总是抿抿嘴再捋捋头发，从不参加他们的任何讨论，一次喝大了宁远忍不住说顾装蒜，男人嘛哪有不想女人的，顾经理慢条斯理地说：

"爱是要做的，说管什么用呢？"

就因为这句话，宁远突然开始佩服顾经理了，姓顾的也许不声不响什么都做了就是不说而已。在学校里文科生最爱说的就是找个地方安放灵魂，但对于宁远，这么多年来，他做得最多的事情就是每天提着一大兜荷尔蒙到处寻找地方安放。灵魂他还顾及不到。

放下电话，宁远开始琢磨书名。《嗜血》？也行，或许就像小军说的还有更好的选择。张警官打来电话的时候，突然响起的铃声吓了他一跳。接起电话，心脏仍旧扑通扑通狂跳，电话里说：

"最新消息——目前没有任何迹象表明云凌已经不在了，因为电脑查询云凌没有任何记录。如果不乘车，那么无论怎么走路程应该都是有限的，最近市里所有案件包括车祸在内，没有任何一起和云凌有关，查访亲属朋友都表明云凌的情绪状态一切都正常至极，所以，一切还要等、还要查……有时没消息没准儿就是最好的消息。"说完停顿了几秒又问他最近有没有见云凌的母亲，他回答得干脆利落——没有。

云凌的母亲他在报案后的第三天见过一面。那个女人一看就是爱保养的人，皮肤光亮头发顺滑，连胖也是那种腰身体态都还有的胖，完全有别于那些不管不顾的中年妇女。见面，不光和他点头还握了一下手，身上还散发着细微的香气，那香气暖暖的，让他瞬间有昏睡的冲动。见面之前他以为会看到一个歇斯底里、披头散发的中年女人，他都想好了，一切少说为妙，只要他不说，谁都不能肯定他就是那个和云凌关系最亲密的人。令他意外的是云凌的母亲不但客气还少见地保持了镇定。她很认真地听完警察叙述，又看了看他。没等她开口，他赶紧说：

"我是云凌的男朋友，但是我们几乎没有吵过架，不要说吵架，连过分的话也很少说，您知道的，她和您一样理智极了，从来不会大声吵闹，一开始我还在屋里等，以为她有什么急事儿很快就会回来，后来一直打不通电话，心理咨询室的人也不知道她去哪儿了，我才报了警。"宁远说话的时候手一直努力地比画着，那双手实在是不能发声，如果能，一定发声了。说完，宁远咬了咬嘴唇看着云凌的母亲，他感觉到了自己狂乱的心跳，同时也奇怪自己这没有来由的辩白。和云凌一样，云凌的母亲说话也很缓慢。她说：

"不急孩子，不急。"边说边拍了拍宁远的手。宁远被她这么一拍几乎要落下泪来，对面女人的双手如同上帝之手一瞬间就特赦了他的罪过。后来再听这个女人说话他就一直半张着嘴哈着气仰视着她，云凌的母亲接着说：

"和你一样，我也没接到她打来的电话，因为她在咨询室所以我总是怕耽误她工作，一般都发短信联系她。上周让她回来吃饭没回信，还以为她忙，过去她忙起来有时候也是这样，所以就没太在意。你们打来电话我紧张了一下，可是细想又觉得我的孩子不是那种会寻死觅活的人，既然没有外出记录应该是在什么地方待着想安静安静吧？"

"可是她并没有和咨询室请假。"宁远说，此刻的宁远什么都会脱口而出，而且丝毫不感觉后悔。

"那也不奇怪，心理咨询师其实也有他们自己的心理问题、心理苦恼，也许就是自己想缓解缓解。"云凌的母亲又转过头看着张警官继续说，"当然，既然已经报警，还是一切按着程序来，我总感觉我的孩子应该是好好的，您觉得呢？"

张警官一言不发地看着他们，像是一个路人，对于云凌母亲的提问，他用脸上一个类似肯定的表情代替了回答。

云凌母亲临走专门停下来对宁远说：

"我叫向红，叫我向阿姨就好。"

他点点头，如同被催眠般。

一个小时后看着镜子里自己的脸他重复着这句话，不知道为什么竟然全无之前的温暖反而泛上了一丝凉意。

云凌已经消失了四十二天，四十二天里宁远校对了两遍自己的书稿、写了十二篇通稿、在外面吃了三次饭，这期间还自慰了几次，分别是在冲澡时和夜深人静的晚上。云凌消失后自慰已经无形中变成了他人生的另一个出口，随着荷尔蒙冲出体外，焦虑和不安瞬间得到了释放，他甚至可以短暂地拥有一个好觉。自慰时，只有一次云凌滑过了他的脑海，更多的时候他宁愿想想那些情色影片，或者是更不堪的画面，只有这样他才能真的从那些无法打发也无从打发的忧虑里脱出身来。而想起她，从来都是不安的。过去在一起的时间里她曾带给他多少从容、多少安静，现在就带给他多少不安。这种不安有时候会演变成悲伤、难过。他怕最坏的那个结果出现，而有时又会演变成不快甚至是恨意，尤其是细想云凌的母亲那个自称向阿姨的女人说过的话，想找地方安静安静？想安静还不容易吗？直接说不就完了，好像他会拦着似的，现在不声不响消失不见，让他成了最大的嫌疑人，张警官也说从脚印收集来看他是最后一个离开云凌屋子的人。小军一见面就问，找着了吗？还没找着？就和他满脸写着失物招领一样，云凌的前同事碰见他更是会现出谨小慎微又诡异的微笑，不用回头他都知道他们在背后指点他。

云凌消失的时间越久，他和云凌的关系就越可疑。同时也明白了一点：任何时候，只要你和一个消失的人牵扯在一起，无论如何，在别人心里你早就在劫难逃了，好坏对错都是次要的，重要的是每个人对你的想象。宁远从小军那里听到过一些传言，版本里有时他是施虐狂，有时是脆弱的需要拯救的问题男人。当然，实际情形未必真的严重到什么程度，他不过是熟悉的人茶余饭后偶尔的谈资罢了，谈几天应该也就厌倦了，哪有什么人会一直被关注着，但是所有这一切在本来就郁闷的宁远心里却逐渐由伤感挤压成了厌倦，后来他变得敏感又神经质，别人只要一提和云凌有关的事，他总感觉是在揭他的伤疤，而不提又觉得别人是在刻意回避暗示什么。最后，和云凌一起认识、见过的人，只要有可能他都尽量疏远了。云凌的消失除了带给他困扰似乎还有某种程度上的逃离。有时，他甚至有种自己和她一起出逃的错觉。宁远的大学同学，其实只是在聚会上见过云凌，并不了解他们的始末，宁远也一样远离了，聚会叫了几次他都没去，也就淡了。只有小军和杨利民似乎不得不联系，但即使是他们，他见得也不像过去那么多。

小军有回问：

"如果不出书是不是大家就彻底不见了？"

又从饭桌下踢了他一脚继续说：

"没想到你还挺长情，真的那么想念那个女人？以后不再找了？"

他鼻子里哼了一声，眼皮耷拉着没有说话。小军笑了，往前凑了凑又说：

"不是怕担责任吧？不是真的有那种倾向吧？"听小军这么说，他像被人踩了尾巴一样，腾地站起来就要走，被小军一把拉住了。

"哎，哎，你至于吗？搞得和娘们儿一样，说一句你就走。"被小军按回座位，屁股挨着椅子的瞬间，他也觉得自己有些过了，骂了小军几句又开始岔开话题聊别的。其实有几次大家喝大了，他特别想和他们说说心里的憋屈、难过，想把心里的一切都倒出来，但每次只要准备解释就突然不知道该从何处说起，关于他和云凌的故事在他的叙述里变得冗长而杂乱，随着越来越多故事的涌出，整件事变得寡淡又漏洞百出。而且每次只要他一说，他们就开始劝慰，让他离自己要叙述的中心越来越远；后来故事干脆变成了粘在裤子上的口香糖糊成了一片，说和不说都成了问题。他从未感觉到语言原来是这样的乏力。过去，采访、聊天，他是那样侃侃而谈、滔滔不绝，他可以是话题的中心也可以主动把话题引向别处。他的幽默，常常把云凌逗得咯咯直笑。那时，语言就像是抹了油，润滑无比，又像是雨后河沟的水源源不断。但现在，他只感觉到向任何人描述他的真实感觉都困难无比，所以，只能选择不说。

二

晚些时候，宁远打开书稿，第一页写着：

"爱上她，就像月光开出了花……"

这句话原来写在一个发黄陈旧的日记本上，不是写在第一页，而是最后，最后一个字用血画出了一个心形。血色的心躺在因时间而变得发黄的纸上不再刺目，反而有种淡淡的忧伤般的美好。把日记整合成一本书还是云凌的提议。一年前，他、云凌、小军还有杨利民一起吃饭，说到最近的创作走向提到了非虚构。云凌很安静地在一边听着，中间插话说：

"你说过的那本你舅舅的日记算吗？"

没有云凌，没有云凌的这句话绝对不会有这本书，他相信这一生一定会写一本书出来，但绝对不是现在，而且绝不会写他的舅舅，那天，大家越聊越兴奋，杨利民甚至都手舞足蹈了：

"哥们儿，来吧，咱们一起赚钱的机会来了，这个写好了绝对能赚钱。你要找个点，你认为的点，然后把大量日记夹杂进去，现在非虚构都是写当下或是回忆吧，咱这是当事人的日记，而且还是死人的日记。"

那晚，大家越说越开心，在酒精的作用下恍惚又回到了大学时的好时光，对前途又有了幻想，有了憧憬。这个城市的夜晚也似乎一下子属于了他们，那些高楼那些车辆，包括姑娘似乎都和他们有了关联，搂着云凌，他笑得完全忘了自己，那晚还有很好的月亮，事后，云凌说：

"你都醉成那样了还能看见月亮？"

"当然，那晚月亮很亮，特别亮，不像平时总灰蒙蒙的。"他说得很认真，"也不是惨白的，是那种黄亮黄亮的，快滴下油的那种。"他认真说着，云凌笑得花枝乱颤。后来，他一说黄亮黄亮这个词，她就忍不住要笑，而且根本停不下来。那样的时光真好啊，怎么说走就走了呢？他不明白，这样一件好事儿，眼看着离结果越来越近了，云凌怎么就会走了呢？而且是以这种方式。小时候听过一句话："活要见人，死要见尸。"过去总觉得这句话残忍，现在才知道那就是一种心不用再悬着的感觉，不管结果怎样，终于可以落停了。最初，他也试图来回揣测云凌的目的、云凌的想法，但是一切根本没有尽头，也没有方向，有的只是如同钝刀割肉般的折磨，他不知道这一切何时才能结束。宁远使劲拍了拍头，让自己的思绪回到了书稿上。

"爱上她，就像月光开出了花……"他把它写在第一页，不仅仅因为云凌喜欢，还因为看到这句话时，他的心仿佛被某种柔嫩的东西触碰了一下，他几乎可以看到多年前那个少年写下这句话时眼底的深情和忧伤。母亲去世的前一个月交给他一个塑料封皮的本子，说：

"这是你小舅舅连升的日记，你留着吧，或许将来你可以写一写，他是个和我们不一样的人。"

这是母亲第一次和他提起死去的小舅舅，之后的几天，母亲断断续续和他讲述了关于过去的种种记忆，母亲对她最小的弟弟依旧放不下。日记本里夹着一张泛黄的黑白照片，里面的少年没有笑，但是嘴角微微向上，脸庞纯净得像是初春叶片上的水滴，也像雪天里刚出门第一口吸入的那丝清冽的空气，看着那样一张脸，会让人在瞬间心无杂念。宁远抬头看母亲的时候，母亲正眼眉低垂。家里只有母亲和父亲结婚时的相片。母亲少女时的照片一张也没有，他从来想象不出母亲还是女孩儿时的模样。那天看着照片里的少年忽然就可以描摹了，但也仅仅是描摹，他依旧想象不出青涩的母亲究竟会是怎样的神色。同样的，他也很难想象照片里的少年老态龙钟的样子。在那样一个比花还要灿烂的年纪死去，唯一让人不感动的就是他永远不会老去，也永远不必担心容颜的衰败，更不必担心世事的变化下，脆弱如人心般反复地折叠。他即使曾经有过煎熬那也是玫瑰花瓣芬芳的煎熬，不会像走过一生的人一样，用沧桑磨砺自己也磨砺别人，直至面目全非，老得连自己看了都难过。更不会在时光里让自己萎缩变小。因为不必老去，他也就妥善地保留了他的体面。

母亲说弟弟死去时面庞一点没有变形，只是惨白，白得像一堵

27

墙，让她看了难受。弟弟走时，她把家里所有和他有关的照片都烧给了他，既然他把一切寄托在了另一个世界，那么她也只能以这种方式成全他。只有日记留了下来，因为日记里夹着一张纸写着"转交梁鸿雁"。母亲说，弟弟走后，她也曾有过把日记交给那个女孩儿的想法，梁鸿雁是弟弟的同学，她见过，每次要给，心里总是恨恨的，感觉是她夺走了弟弟。等她心情平复了细看弟弟日记才知道其实弟弟的死和女孩儿并没有太大的关系，反而，像弟弟说的那样梁鸿雁是他的那抹月光，有了梁鸿雁，一切才有了依稀的光亮。等弄明白了，再去找梁鸿雁，人已经转学了。母亲的叙述常常被咳嗽打断，有时母亲还会用毛巾抹眼角，她看不出母亲是因为伤心还是多年的眼疾造成的习惯性的擦拭，那段时间母亲就这样断断续续说着话，有些话会不断重复，有些话根本没有下文。直到临走的前一天，母亲突然不再絮絮叨叨，只是安静地躺着。他没有看见母亲临走那一刻的情形，也无从知晓母亲临走那一刻的心意，姐姐们所有的描述只是母亲弥留之际的样子，没有人说起母亲的心情。和世俗琐碎比起来，心情反而像是最不重要的东西。

　　母亲走后，像多年前父亲走时一样，灵堂供桌上摆放着挂了黑纱的母亲的黑白照片，阴阳先生过来撕掉了对联、摘下了画儿和家里所有悬挂着的喜庆的东西，但是墙上仍旧可以看到那些物件曾经存在过的影子和轮廓。那些天，家里一直人来人往，后来说到了写悼词，都让他写，结果，在母亲的卧室闷了整个下午一个字也没有写出来。阴阳先生笑着说：

"哎，你妈就没个可让你写的？还记者呢，孝顺老人、抚育儿女、尊敬同事……这词多着呢！来吧，我写。"

　　母亲的死并没有让他太难过，因为母亲至少安详，唯一纠结的不过是母亲的心情；不像父亲，走时浑身插满了各种管子，一个很凶的医生在做最后的压胸抢救时，他看见从父亲鼻子插入的胃管里充满了鲜血，后来他冲上去要打那个人，他喊：

　　"你都把我爸压出血了！"

　　旁边一个中年医生淡淡地说：

　　"冷静一点，你爸早死了，死人是没有感觉的。"

　　"那还压什么压？"

　　"这是例行抢救，我们必须做，来吧，一会儿要签字，你要证明我们抢救过了。"

　　医生说话淡淡的，边说边拨了拨父亲的眼皮。那之后，他就看见各种管子从父亲身上拔下来，没有了管子的父亲终于像往日一样了，至少看着像往日一样，没那么虚弱，也没那么难受。后来的很多年里，他一想起医生从父亲腿骨抽出钢筋的那一幕，即使在梦里他也会被疼痛的感觉惊醒。他不能原谅自己让父亲在最后受了那么多苦，他那么听医生的话，直到最后一刻。尽管之前，已经有一些黄色的液体从父亲嘴里漾了出来，他还是坚持往父亲胃管里打了一百毫升的奶，插上呼吸器的父亲不能说一句话，但一直用手比画着，他没有注意这些，当时他关注的只有监测仪器上的数字。那些天里，数字代替了父亲，他靠看彩色显示屏上或红或绿不断变化的数据来感知他的父亲，他甚至因为父亲总是偷偷把夹在手指上的监测仪甩掉而大声责备了父亲，就像儿时父亲对他一样，大声地斥责，当时他不明白父亲为什么那么不听话，只是坚持一下，一下而已。他执着地以为父亲还可以活很久，他们还有的是时间。那些责备的话在父亲走后，变成了尖利的玻璃碴子均匀地铺在他身体里。也是从那时起，他再也没有顶撞过母亲，因为不能确定他还能看见她多久，也突然明白了很多年前姥姥说过的一句话，"等你懂孝顺了，爹妈在世上也就开始数着过日子了"。

　　对于小舅舅他一直想不明白。离去，真的就那么诱人吗？让人可以放下手中的一切，踏上一条谁都不曾见过的归途？真的可以吗？

有阳光的早晨

一

到了星期四晚上十点，电视里开始准时播放每周一次的《犯罪实录》。父亲准时坐在沙发上看着电视。随着情节发展，父亲的身体开始不断前倾，神情也变得紧张起来，直到电视上出现了当事人家属痛哭的画面。张胜知道父亲的眼睛也会跟着变得湿润，父亲独自养大了姐姐和他，按说，应该是个坚强的人，很奇怪，随着他们的长大，父亲似乎变得越来越脆弱甚至是多愁善感了，近几年父亲的心仿佛是一扇打开着的门，无论什么都能轻易地跑进来，顺利击中他。画面里的人继续哭诉着不幸，张胜抬头看了看墙上的表，感觉晚上的时间就快要过去了。

姐姐结婚后，家里只剩下他和父亲，每次姐姐打来电话都会说让他照顾好父亲。而父亲每天做饭、拖地什么都不用他干，他唯一能做的也就是陪父亲看看这类明显煽情又毫无价值可言的节目，或者是下下棋。父亲的棋艺完全停留在小学生的水平上。其实，最让他难忍的并不是这些，而是父亲每次看完《犯罪实录》都要和他讨论一番，从剧情追踪到破案的手法都要一一讨论，还老让他学着点儿。他给父亲讲过很多次，节目就是节目，破案就是破案，不是一回事儿。但他说过的话犹如头一

31

天父亲用过的刷牙水——转身就倒了。只有节目里的画面才能令父亲长久挥之不去。他和父亲每周都这样循环往复，时间久了，他也习惯了。尤其最近工作上也顺利了许多，对父亲他也更能包容了。

一直以来局里立功、升职都有硬性的规定，越是大案子越有立功的机会，但局里大的刑事案根本轮不到他们这些刚参加工作的人，能经手的也就是小偷小摸这类鸡毛蒜皮的案子。他感觉，就像一只有力量的大手抓了一个玩具钳一样，完全施展不开自己的能耐。如果不是最近局里没人手，而他又努力争取，连失踪案也绝对不会让他负责，因为失踪一般都会牵扯出命案。他知道他需要把握好这次机会，如果真的牵扯出命案，对他来说就是一次天赐的好机会，或许很快就会得到上面的赏识，顺利的话，升职也不是没有可能。即使这一切只是设想都让他感到开心。

在翻看了丁云凌那些废纸片似的东西一无所获后，他觉得自己应该重新调整思路。于是在纸上又重新画出了和丁云凌相关的人，来回交错的关系图，开始重新梳理。她的母亲应该没有嫌疑，虽然反应镇定了些，但是太过镇定反而从心理学上完全解释得了，人因为恐惧有时会做出失忆、编造记忆等等一系列看起来匪夷所思的举动，以便让自己心里好受些，她的母亲像是自己催眠了自己，重要的是她完全没有动机。单位的老板虽然看起来胖、给人油腻感，但第一次见面寒暄过后听说丁云凌失踪后的表情完全是正常反应，还不断重复："我说呢，不上班也不请假……"而且从同事嘴里得知他们老板平时和员工走得并不很近，也没有听过有关他们的传言，说到男女关系，老板手摆得很激烈，边摆边说：

"哎，哎，千万不要乱怀疑啊，传到我老婆耳朵里可了不得。"说着又给张胜作揖。那样一个精明还有一些钱的男人无论怎么看都不像是为了女色就能犯法的人。况且丁云凌的照片他也见过，人，很清秀，但也只是清秀，谈不上漂亮，所以他应该也没有可能。至于来往的朋友，排查下来都不算近，唯一确定去过她住所的除了母亲只有宁远。宁远是自己主动报的案，在现场也是最后一个出入丁云凌住所的人，现场没有任何搏斗的痕迹，那几天宁远所有时间也都能查下来，可是，宁远每次说话时总是反复观察他的表情，这让他觉得很奇怪。他盯着宁远，宁远总会反过来盯他更久，仿佛心里有了对峙。当然，他承认和一个做心理咨询师的女友待久了应该或多或少会有一些心理学常识，但是宁远的表现已经远远超出了常识范围，他几乎是在反侦察，但是动机呢？张胜想不通他的动机是什么，从表面看，他不像是一个变态的人，如果假设正常，那就一定会有动机，但是他找不到，至少目前找不到，而且，他找寻了火车、长途汽车、飞机近两个月所有名字叫丁云凌的女人的出行记录，一次记录也没有。全市叫丁云凌的女人只有两个，另一个他也见过，更是没有任何的关联。没有出行记录也就意味着她没有走远，但是这个城市，难道真的比他想象中大吗？他跟踪过她的母亲、她的老板、她的男朋友，但是，没有，什么也没有，没有一条有价值的线索，他也曾把她的住所挖地三尺，一样，还是什么都没有。这个长相风轻云淡的女人像是被风吹走了似的，没有任何痕迹可寻。

刮了一天风，但雨没有如期而至，躺在床上，张胜又把这些线索来回想了一遍，最后他确认还是没有突破口。和领导汇报前一天，详细整理了笔录、调查报告，以及自己的分析，结果全没用上。领导只问：

"有进展？"

他说：

"没有。"

领导点点头，说：

"那尽快，不能老耗着。"

说完，摆摆手示意他出去。

从领导办公室走出来，看着自己手里花了一个晚上整理出来的文件，就这么被领导轻轻一摆手给摆出来了，瞬间有些灰心。随后灰心和沮丧像是滴入水中的墨汁，快速扩散、晕染，不只打击了他的信心，更淹没了前途，那些刚刚叠落起来的良好的感觉眼看着一层层剥落。晚些时候，雨终于下了起来，在玻璃上噼里啪啦敲打着，那晚，他几乎听了一整夜的雨。

早晨，他见到了持续一周阴天后刺眼的阳光，尽管刺眼也还是忍不住眯着眼睛仰起了脸，有风吹过的时候，他可以感觉到绒毛在阳光里浮动。有阳光永远是好的，他笑了一下，深吸一口气对自己说："来吧，再加把劲儿。"

中午打电话约宁远吃饭，电话那头迟疑了一下说："哦，哦，行，行，我请，我请。"口气里满是不相信和迟疑。

张胜已经决定，既然暂时破案没有出口，那不如还是按老套路来，先从最可疑处开始，要近，一定要近，不能像之前一样，只是在单位问问案子，那样对方永远都会有防备，有防备就问不出他要问的东西，只有接近一个人的生活才能更好地了解这个人，而接近一个人最好的方式之一就是吃饭。他没有拿酒，尽管跑了一辈子业务的父亲常常说，和人打交道最快拉近距离的就是酒，几杯酒下肚，人热了，话也就热了，一热也就近乎了。但他第一次不打算这么做，对于一个有心理防备的人来说即便要走近，也一定要循序，一个警官拿着酒未免意图也太明显了些。

宁远见他进门，主动站了起来，这次没有等宁远伸手，他主动把手递了出去。饭店虽然是宁远选的，但离他的单位很近，步行十几分钟就到。从这点就可以看出宁远是个细心的人。饭店不大，但是很热闹。老板只要见人进门就远远招呼着，让人感觉来的都是熟客。点了一盘花生米、炒香干、尖椒肉丝后，宁远问他：

"张警官，你还要点些什么，你再看看？"

"够了，够了，以后在外面不用叫我警官，我叫张胜。"

"好，好，张——胜，好。"宁远点着头嘴里重复着他的名字。两个人都看着对方没有什么话说，沉默了一会儿，见宁远等着自己说话，他喝了口水说：

"没什么，就是吃个饭，最近工作压力大，案子老悬着，我们也只能悬着啊。"见宁远点头，又说，"都不容易，你不知道，我们每天这干的都是什么活儿，每天审人，看着威风，其实就是个小虾兵。"说着又叹了口气。宁远继续笑着，又加了点头的动作回应着说："是，是，大家都不容易。"谈话进行得断断续续，都在努力接着对方的话茬说。张胜心里明白他们这种关系最初也只能是这样的情形，尽管只是吃饭，他却感觉劳累无比，他想宁远应该也一样。后来都往嘴里忙着扒拉饭，呼噜呼噜地算是代替了说话。临走，张胜撂下一句话：

"改天，咱们再聚，到时候喝点儿？"

宁远点着头，笑容和进门时一模一样，丝毫没有因为吃完饭就增添了热乎。从饭店出来，张胜开始在心里盘算宁远：首先心细，否则不会选择离他单位近的地方吃饭；其次是心机重，整个中午宁远的话不算少，却都是些套话，能和一个搞刑侦的兜圈子绝对不是一般人。而且老是看着他，似乎要从他眼睛里看出些什么来。

他想探究什么呢？

如果不是心虚为什么要探究？

下次，下次一定要喝酒。想到酒张胜嘴角有了笑意，关于酒的任何记忆，对他而言都是值得炫耀的。

二

过了一周，宁远打电话约晚上吃饭。

临出门张胜特意带了瓶高度数的酒。饭店在城西，打车不到十五分钟就到了。从外面看比上次吃饭的地方要排场一些，至少有了三米多高的门面，上面打着霓虹灯写着四个飞舞变形的字——龙龙面馆。又看了看街道四周，张胜由衷感叹：灯光真是个好东西呀！

　　这片旧城区道路又窄又破，因为路两边饭店多拆起来工程大，所以尽管年年嚷嚷着要拆要修却从来没有大动过，只是每年春秋两季在已经坑洼不堪的路面上补几次柏油而已，但补了也是丑八怪脸上打粉一样——完全是哄鬼的节奏；白天打这儿经过哪儿都是土塌塌、灰楚楚的。可是一到晚上，商铺灯光一亮，就和变魔术似的一下子就变成了另外一幅光景——路面看着平整了也光滑了，街道也没那么窄了，一切都透着亮发着光，再拥挤你都不会联想到破旧这个词。

　　最近张胜在查云凌案子的时候反复琢磨宁远说话的真实性，但，什么是真实呢？就拿此刻的景象来说，什么是幻象？什么又是真实？就算白天是真实的难道此刻不是真实的吗？他没有喝酒也没有嗑药，身处其中明明感觉到的就是繁华和热络，这就是他最真切的感觉，能说这一切都是幻象吗？那么宁远呢？会是具有双重人格的人吗？或者连他自己也不自知？所有的推理其实最忌讳把自己代入其中，但是所有推理又不得不借用自己的感觉来置身事中。其中的那个"度"在书本上有着清晰的定义，但是出了书本呢？那个"度"并不是大脑中的一根线更不是一个闹铃，到了边界闹铃就会自动响起提醒你不要往前想了，过了，过了，你再往回折一折，不会的，完全没有这样一种提醒，张胜不了解别人，至少他常常会因为模糊了边界而越想越多。

　　进了饭店，没等他打电话宁远已经站在半人高的玻璃隔断那儿招手喊他。他快步走过去，看见桌上已经放着一瓶酒，而且也是高度的。握手、寒暄，坐下又问了几句工作忙不忙之类的客套话。宁远指着桌上的酒说：

　　"不喝酒吃饭没气氛，上次是中午知道您工作忙不能喝，今天咱们一定喝点儿。"

　　说着拧开酒瓶，二两半的口杯倒了满满两大杯，自己先拿起一杯仰头干了。看着宁远咕咚咕咚皱着眉喝酒张胜想：看来宁远也有一些酒量，否则不是这么个喝法，当然也有另一种情况那就是为了显得他豪爽。宁远喝完酒，放下杯子抹了一下嘴才说：

　　"我干了，您随意哈。"

　　说完笑呵呵地看着张胜。张胜看了一眼酒杯，没说话端起来直接干了。见宁远又倒了满满两杯，张胜摆摆手说：

　　"咱俩可不能这么一杯一杯喝，我马上就倒了，咱们一口一口喝吧。"说着喊老板上了两个小酒盅。自己跟前放一个，另一个放到宁远面前。

　　"咱们慢慢喝，慢慢聊，好吧？"

　　宁远点点头说：

　　"行，行，一看你也是爽快人，我也是有酒胆而已，酒量也不行。"

张胜本来不确定宁远的酒量，听他这么说心里瞬间明白：宁远酒量一定不差。酒桌上，一般一口杯直接干下去，还客气地说自己不能喝的，往往都是酒桌上的高手，而那些嚷嚷着吹自己能喝的却未必有几两酒量。而宁远也不傻，一定也猜出他个七七八八，于是两个各怀心思的人开始一小杯一小杯客气地喝着酒聊着天。聊归聊，又都避免直接聊到案件，不过毕竟三杯酒下肚，话还是比第一次见面要多得多。宁远还聊到了自己即将出版的书，说，还有半个月书就出来了，到时候送他一本。张胜恭喜着，夸奖着。尽管两个人都很认真很努力找着话题，但还是常常聊着聊着就会突然聊不下去，一停顿，其中一个人就要重新找话题再聊下去，再停顿，再找话题，谁都不想聊得太刻意，可是谁都聊得不轻松。两个人到最后，酒没有喝多却都因为处心积虑找话题而显得有些疲惫不堪。接近九点半的时候宁远提议改天再聊，要不太晚会影响张胜明天的工作，张胜配合地点点头。宁远一直站在饭店门口目送着载他的出租车离去，不知道的一定会以为宁远在眺望远去的恋人。从倒车镜里看着宁远笔直而逐渐缩小的身影，张胜之前的一切推理也随之远去了，宁远对他而言就像风中的树叶和水中波纹一样，越是追着想要看清其中一片一波的具体模样，就越是会被相似而无限重复的景象所迷惑，从而模糊了自己所有的想法。

　　他有些失望。

还能再锋利

一

书，终于出来了。书皮像水洗过的黄昏一样，呈现出温暖陈旧的淡黄色，里面因为用了蒙肯纸，虽然只有十二万字还是变成了厚厚的一本。书名最后是顾定的，叫《日记上的血痕》。

书的第一页和校对稿一样还是写着："爱上她，就像月光开出了花……"一样的文字，但写在书上和校对稿上完全是两种不同的感觉。像是同一块糕点摆在阳光下的街摊就看着廉价，而摆在打着精致暖光的玻璃橱窗里就看着高档并且还会让人瞬间有了食欲一样。这就是所谓"形式"，待遇不同，自然观感便不同，尽管形式多数时候都被人说成没用的东西，但当它摆在面前的时候又都无法忽视和拒绝它的存在。人，这个物种，越在乎什么就越要说什么不重要。关于形式对于书的重要性，他只和顾说，反正他自己看书是不会看那种印刷和纸张都很劣质的书，他说：

"本来看书就是消遣，既然是消遣干吗要和自己过不去呢？第一眼看着不舒服、摸着不舒服自然不会看。"当时顾并不理他，只是一味强调说要压成本，说到最后，宁远已经开始对这本书不再抱什么希望。他甚至以为会用那种和盗版书一样薄一样脆的纸，如果是那样，不要说读，他连摸都不想摸。但当书真的放在他手上，他忽然有了异样的感觉——他知道即便书真的是用最劣质的纸印刷的，他也不会丢在一边摸都不摸，因为这是他的，是隶属于他的一本书。过去只要有人说出书就像生孩子一样……只要有这样的开头他就不想再听下去，不仅觉得矫情、肉麻还觉得酸腐，都什么时代了，出书不能说像拉屎一样方便，但也早就不金贵了，出书还不容易？但现在他真的出书了，看着书，摸着厚实的蒙肯纸，他有了那种爱不释手的感觉，每翻一页都感觉到无限满足。那晚，在台灯下他捧着自己的书像读任何一本陌生人的书一样充满了新鲜，书里小舅舅的照片比原来大了一倍，依旧泛黄，或许是照片放大的缘故，这回他看见了小舅舅轻轻蹙起的眉头。眼神也比之前照片里更忧愁，连神情也变得似乎比照片多了沧桑。怎么会这样呢？他有些不明白，难道那个逝去的影子一经翻版就不再是影子本人了吗？那晚他就那样抱着书沉沉睡了过去，无梦、无忧。那是云凌走后难得的一个好觉。

　　早晨，一片嘈杂的敲门声把他叫醒。开始，他以为是敲错门了，直到听见外面边敲边喊他的名字，才勉强支撑着坐起来，又去洗了把脸，穿上外衣开门。开门的前一瞬他依旧是不清醒的，打着哈欠、眯着眼睛。但开门后，有闪光灯闪过，他瞬间清醒了，心里第一反应是：

　　"采访新书？这么快吗？小军怎么没和我说呢，还是我忘了？"

　　他开始尽量往大瞪了瞪眼睛，希望出来的照片不至于太寒碜。闪了几秒后，嘴边有个话筒伸了过来，问他：

"丁云凌是不是你的女朋友？"

"是。"他有些纳闷为什么会问这样的问题。

"那丁云凌失踪是你造成的吗？"

"丁云凌失踪和看了这本日记有关是吗？"

"丁云凌失踪了，你怎么还可以继续写完这本书呢？你想念她吗？"

"……"

有人问他"是不是"，他只是回答了个"是"，所有问题就像砖头一样从四面八方砸了过来。除了混乱还是混乱，他想转身回屋的路径已经被另外一拨人堵了个严实，依旧有人提问，但似乎没有人准备真的听他回答，只是问，只是问。最后他逃离般冲了出去。他开始一直跑，一直跑，像在学校里参加三千米比赛一样卖力。终于只剩下他，喘着气站在阳光下，他捏了捏自己的脸和大腿，怀疑这只是个梦境，是自己想出名想疯了的一个梦境。

晚上小军坐在床对面慢慢告诉他不是梦的时候，他的脑子依旧凌乱着。

一周前，顾经理、小军、杨利民开了一个会。就是在那次会上顾定了一个他认为极妙的方案。小军不清楚杨利民是什么时候和顾说起丁云凌失踪的事儿，反正那天开会时，顾对宁远、云凌以及他们之间的一切已经了解得十分透彻。尽管只是三个人开会，顾还是带着他们鼓了鼓掌，又喊了一通口号后才说：

"书，马上就要出了，但是出来总要有点响声啊，要不怎么卖？"说完看看他们继续说：

"打把式卖艺还要吆喝几声，还要见几滴血才能让人相信你是真的有割肚皮的本领，对吧？"

见他们点头于是又说：

"但是怎么吆喝呢？"

"找几个媒体呗。"小军每次都很讨厌顾说话卖关子的样子。

"花钱找媒体？然后在报上登个比豆腐块还要小的消息，或者是在电视上发个几句话的通稿？然后呢？那比打发个死人还要消失得快吧！死人还要停放三五天呢，那个不到第二天就被遗忘了。"

小军沉默着面无表情地看着地面，顾脸上突然带上了看见钱一样的笑意继续说：

"多动脑子嘛，一样是媒体，一样是报道，为什么有的大家就记住了，有的就打水漂了？"

说完顾开始自问自答：

"为什么大家记住了？因为关注。为什么关注？要么和自己相关，要么离奇、古怪、血腥。再没有其他。和老百姓相关的东西咱们就不去想了，那个太难，咱们也做不到，但是离奇、古怪、血腥咱们能做到吧？"

见小军还是没明白过来，顾给杨利民使个眼色。于是杨利民开始接着说：

"那个……宁远的女朋友云凌不是失踪了吗？这种失踪类的消息大

家一般都会感兴趣，尤其搞成追踪类的，而且咱们出的这本书里不是也反复提到了关于'逃离''消失'吗，再从这个点上做做文章，那些媒体记者一定感兴趣的，何况还有宁远个人的身份，他本身就是个记者嘛。"

杨利民说得很流畅，一看就已经思考很久了。

"那你和宁远商量了？"小军不确定自己究竟要问什么。

"没有。"杨利民回答得很干脆。

"这个怎么能商量呢？你也不想想，那些记者有多精，有时看着糊涂那都是专门在装糊涂，如果告诉宁远，他的反应一看就是有准备的，谁会信啊，会说我们是为了出书炒作。"顾干脆站在小军跟前说。

"咱们要的效果是：这件事不是我们主动弄出来的，而是被媒体不小心挖出的，咱们还要掩盖。然后，它们越挖咱们越掩盖，要欲迎还拒。"顾经理说得抑扬顿挫、满面通红，头发随着语言不停颤动。小军既替宁远不平也觉得顾有些下作，说：

"那不成装婊子了？"

顾一拍双手：

"对啊，装得好才叫装婊子，婊子又如何呢？现在这市场是当婊子都不让你当，没人买啊。

"而且，小军啊，你不要老感觉我们是在利用你同学，你想想，这对你同学也好啊，是双赢啊，他写本书除了自己看难道就不希望被人传阅，被人提起？难道就希望等着堆在那儿烂掉，让人擦屁股都嫌硬？

宣传嘛，各种手段都可以用，他要感谢他的女朋友在这个节骨眼儿上玩失踪，否则还真没有什么好宣传的，这就是天意，这就是天意，天意，你懂不懂？"顾一连重复了好几遍天意，仿佛要让这句话穿透小军的衣服、皮肉直达他的内脏。小军并不糊涂，他明白，顾说的话虽然难听点，其实道理是不错的。但想到要把宁远完全蒙在鼓里，还是有些不自在。

"我来做，我来做恶人。"杨利民见小军不说话站起来说。

"不用了，既然一起商量的，就一起做吧。"

小军虽然是低着头说，但明显感觉到了屋里另外两个人内心的雀跃。

"那一定要做好啊，千万不要和我们扯上任何关系，现在媒体真要拉扯追究起东西来，那也是没个够的，一定要它们追踪到最后都能确保我们是清白的、被动的。"

那天的会开了很久，屋里的光线从明媚灿烂一路暗了下去，最后，三个人如同皮影般抖动点头，离开时才想起忘了开灯。

杨利民和小军分头找了几个可信的朋友，先塞了点钱让他们在市政网上发一些云凌失踪的消息，隔日即删，删了再发，再加上评论；而他们走正常程序，给媒体打电话准备做新书的一系列宣传。

二

宁远的屋子像往日一样，日光灯发着惨淡的白蓝色光，任何人在

45

这样的灯光下都不会有好气色，小军把那天的谈话大致重复了一下，主要是重复了一下结果，也就是顾头儿说的双赢这个结果。他一直看着宁远，等着宁远发火，或者干脆把他撵出去。宁远一声不吭，他又重复了一句"双赢"宁远还是不说话，以为宁远真的是气疯了，他凑过去几乎贴在宁远脸上看。

"去，去，去。"

宁远摆手推开了他。然后突兀地哼了一声，竟然笑了，一笑开就笑了很久，好半天才止住，说：

"不用解释，真的不用解释，我懂，我懂，挺好的，的确应该感谢云凌的成全。"

小军不知道宁远到底是什么心思，又待了一会儿，临走嘱咐宁远："你也是记者出身，千万别露馅啊。"宁远背对着小军摆摆手。

小军走后宁远躺在床上，毫无思绪地任由时间从身上踏过。夜晚最终被拉得狭长，需要拱着身体才可以勉强通过。第二天清晨，他抬脚跨了一步走到了梦的另一端，同样的，他以为自己会挣扎，可是没有。

那之后就真的变成了之后。

接下来的一周，宁远在三亚凯宾斯基酒店的房间里喝着茶看着网上关于云凌的消息一再发酵，最重要的是在这发酵的过程中他的书不断被提到。《日记上的血痕》在各个读书网页已经成了头条，甚至只要输入"日记"两个字就能蹦出他的书名，每天都有各种各样的人要和他联系，有些熟悉的干脆找到他住的地方，为的就是得到第一手的采访资料。他并不笨，他知道在这种时候怎样才能延续他们炙热的情绪，他懂，做了那么久的记者如果连这个都不懂那就真的太傻了，电话仍旧开着，有些熟悉的人来电还是会接，但他只说，想静一静。反正就是不再说任何一句和云凌有关的话。顾经理昨天打来电话也变得很客气，和他约宣传的事儿，顾说：

"这个宣传是省台的，还是要配合一下。"见他这边没说话，又换了商量的口气：

"你和他们应该也熟，你看能不能参加一下？参加完立刻就走，一刻也不停留行不行？"

即使在电话里宁远还是感觉到了顾的神情：低着头、赔着笑，而他，只需要轻轻嗯一声，就能让顾心花怒放，他只要多说出一点点关于自己的私事儿，那些媒体就恨不得立刻拥抱他。原来，自己也可以如此重要。酒店宽大的床已经容纳下了他开始略微发福的身体，还有碧蓝的游泳池，还有随时都可以踏上的沙滩……假以时日他知道它们也终将容纳下他的心灵。顾在电话那边听到了他嗯了一声，果真笑得心花怒放，告诉宁远一切不用担心，他订好机票会发短信过来，电话里宁远还是嗯了一声。

三

后来的很多年里，大家谈起那场新书发布会都还记忆犹新。当天场面之大已经到了失控的地步，开发布会之前已经有一个栏目专门负责做云凌的追踪调查，栏目的名字叫《遇见女孩儿凌》。那是个新栏目，在这之后又做过《遇见男孩儿闲》、遇见别的种种，但都没有《遇见女孩儿凌》火爆。一年后，节目收视率低到谷底，与晚间一档节目彻底合并更名《零点追踪》。

那天之所以有那么多人涌向会场和节目的宣传是分不开的。三天前栏目播出时不但在节目里预告了新书签售时间，还在屏幕下方滚动播放消息。以至于签售当天人们谈论最多的就是去广场不？去广场没？那些人里有的目标明确就是想看一眼云凌的男朋友到底长啥样儿。有的只是为了看一眼书和云凌的出走到底有没有关系，还有一些人不知道从哪儿听的传言，说是搞促销为了领奖品来扎堆，更有另外一批人，看着这边热闹又跟了过来凑热闹，最后汪央央聚集了一大堆，又因为人数众多出现了如同赶集一样的混乱局面。发布会召开几天后竟然引来了凤凰网的报道，也因此把整件事推向了另一个高潮。

很多报道的标题开始写："读书真的不热吗？让你看看热不热！"镜头下有大妈、大爷，还有推车的小商贩，那样一幅幅感人的画面在宁远看来很容易让人误以为不是看书而是在买鸡蛋。但那些照片却又是最出效果的，他的书在一周内迅速卖光、脱销，甚至很快变成了小城里的一种传言：他的书有灵异作用，可以招魂，因为脱销，书也因此变得更为畅销，文化公司一天中接到电话的三分之二或者更多都是要求订购《日记上的血痕》的。一切都像是一个滚动着的雪球分分钟就可以看到它在变大、变得更大。

顾经理每天忙着奔波于各种应酬之间，随着宁远和云凌事件的发酵他们公司的名气也越来越大，除了出版图书的活儿，市里很多单位只要是关于印刷的活儿也都找了过来，顾是个从来不愿意放弃任何扩大业务机会的人，连小军和杨利民也被他拉进了应酬的队伍。最多的一天，顾吃了六顿饭，中午三顿、晚上三顿。顾的头发比之前还要油光，也比之前更为稀少。

小军拿着公司新发的三万块钱为一款十二万的黑色别克付了首付，他还是喜欢黑色，他甚至想，有那么一天自己开这样的车单独见客户至少不丢份儿。

杨利民什么也没有做继续存他的钱。他在盘算照目前的趋势，也许明年、最晚后年就能买房了。最近，这么多的事儿杨利民却一点儿没感觉到累，只有亢奋，接再多电话他都是愿意的，就像顾说的，不怕当孙子，就怕连孙子也没的当。现在，他能清晰感觉到自己的幸福生活正在徐徐展开，美好的未来也离得越来越近了。

宁远一直好奇，《遇见女孩儿凌》节目里云凌和他都没有出现，那节目能播些什么？看了几期后发现可播的内容真是太多了，而一个人究竟能延伸出多少种关系、多少种话题，这个简直可以上升为一个数学问题。原来没有谁都无所谓，或者，谁都不过是一个点，只要想引申就一定能画出无数条线来，可直、可弯。栏目采访了云凌的母亲、云凌的老师、云凌的同事、云凌的老板，和云凌有关的人几乎都在栏目上露了一遍脸。云凌的母亲——向红特意做了头发，电视里的她有着美人迟暮的风采，她还是说了那天和张警官说的话：

"我不相信自己的孩子会轻生，她一定在一个我们看不到的地方安静地待着。"主持人满含着热泪听她介绍云凌的过往，说到独自艰辛抚育云凌的过程，向红自己也落了泪。

另一期，云凌的老板说了这样一段话：

"人生就是一场修行，只要虔诚，你的身体就是一座庙宇，如果我们有了不安、有了恐惧，要尽早地释放出来，你要知道，除了你自己，还有我、我们可以帮你。"

这段话曾被有些人批评有广告之嫌，但最后还是播出了，而且出来的效果竟然不错，因为他说这句话的时候声调平缓、自然，还配合着栏目的音乐，有些人甚至写信给栏目组说，当时听到这句话就有了治愈的作用。

云凌的小学老师、中学老师、大学老师分别在一起回忆了不同阶段云凌的表现，无一例外，云凌在大家的记忆里都是优秀的、懂事的、乖巧的、善解人意的，别人的叙述里她像是月饼模子做出的一枚月饼，使点劲儿就纹路清晰，轻一点就纹路模糊，除此再无其他。

还有一期是云凌曾经治愈过的来访者，那期镜头前特意遮挡起了茂密的文竹，透过花的缝隙只能看到说话者脸的轮廓，但熟悉的人应该还是可以猜出花后面的人是谁。所以尽管那期节目里很多人说了很多话，有些患者甚至用低声哭泣来怀念她的好，但因为涉及某个人隐私的原因，在其他时间段重播的时候还是被剪了。只是一剪，里面的人和事就都可以去向无踪，像从来没有发生过一样。剪片的那天还有人说，其实还可以更锋利。

枝蔓

一

《遇见女孩儿凌》节目组到目前为止一直没有邀请到宁远和张胜，张胜主要是身份和角色不允许，一般人说话就是说话，代表的仅仅是自己或者只是自己某个时刻的情绪，仅此而已。张胜不一样，只要他开口，他的话还是会被当作官方的公告，现在案没破，说什么都不合适。宁远则是不断往后推托着，和节目组只说自己心情不好。节目组知道只要访谈到他，节目就能上浮几个百分点的收视率，所以对他极其耐心，隔几天就约约，他说心情不好，就说等等再约啊。双方都尽量客气着，谁都避免把话往死角那儿说。在之后的几期里，连顾经理也上了节目，因为和云凌有关的人已经在十几期里上了个遍，剩下的只能从云凌的更外围找。出乎意料，节目依旧播得反响很好。这些没有直接交往的人依旧会叙述到云凌，也算是一种延伸。后来也约过小军，小军没有去，正好那天宁远约他出来喝酒。

喝到有点上头时他问宁远：

"云凌失踪和你真的没有关系？"

宁远看着他很不屑地笑了，说话的时候已经有些含混：

"你真的以为我有那么大本事？可以凭空让她消失？我也纳闷，人怎么凭空就消失了。不过，我真的感谢她，她是大救星。来，为了云凌再喝一杯。"

小军并不是无缘无故问这句话，几天前，警察张胜找过他，问了他许多宁远的事。从大学起，宁远的爱好、家里的情况、同学、朋友怎么相处，种种过往能问的都问了个遍。张胜来找他的时候，他正忙着和一个作者签约。自从宁远的书畅销，他们公司也在一夜间有了名气，来找他们咨询出书的络绎不绝。公司已经聘用了一个小姑娘负责接电话、解答这些琐碎的事情。他和杨利民负责挑选、谈判、签合同，而顾经理已经形同一个真正的大老板，他们一星期都难得见上一面。没有人知道他在忙些什么，见了面，除了安排工作，就是说自己要负责更大一点的客户。但那个所谓更大的客户，他们从未见识过。

张胜在外间等待的时候，他以为是另一个作者，但一进门，就发现张胜和那些从事写作的人有本质的区别。眼神更亮、更犀利，人的精气神也更上提，不像长期写作的人那样松垮、散漫。张胜简单自我介绍后，开始和他交谈，更多的时候其实是询问模式：一个问，一个答。问完话，又特意叮嘱了好几次这个谈话要保密，而且说了很多为什么要保密的话。总之，一句话——如果他不保密，不但会害了云凌，害更多的人，而且很有可能沦为协同犯罪。

但当他问张胜："是怀疑宁远把云凌弄不见的？"

张胜咬文嚼字地说："一切都不能这么早下定论，好还是坏，需要时间，每个公民能做的就是好好配合调查。有新消息打电话给我，而我找过你的事情绝对不能告诉任何人，否则，你会有麻烦的。"小军点点头。

张胜走后，小军开始仔细回想宁远这段时间的行为，努力寻找宁远和记忆里的区别。如果，真的是宁远带走了云凌，新书出来的时候，因为要拿云凌炒作，他在宁远家里长达三个小时的解释岂不是很可笑？他一直以为现在的局面是他们三个人策划的结果，难道宁远自己才是这一切的真正策划者？而他们只是计划的一部分？那岂不是太可怕了，他有这么深不可测吗？两天后宁远打来电话约他喝酒，本来只有他自己，可还是说，有客户，马上打回去。然后犹豫了一下给张胜打了过去，张胜问他酒量大不大，听他说还行就说："去吧，一切像平时一样就行，什么都别说。"

可看着宁远，小军还是忍不住问了，眼前的宁远依旧穿着牛仔裤，但早已不是过去的地摊货，而是Levi's的501，喝了酒的眼神里丝毫没有过去那种疲沓的迹象，反而闪烁着不可思议的光，像是亢奋又像是不安。尽管小军依旧不能相信面前的这个人真的会那么深藏不露，毕竟他们从大学开始就在一起，难道那些时间里自己竟是个瞎子？但看着宁远，他感觉很多东西的确已经成了过去时，再也回不去了。

第二天，张胜一上班就过来问他头一天喝酒的情形，他像个密探般回忆了所有的细节，包括牛仔裤的颜色，张胜拿本子做了详细的记录，走时还是说了上次一样的话，让他保密。看着张胜远去的背影，他咧了一下嘴笑了，内心竟有种类似快感的东西蹦了出来。为什么？他难道早就在嫉妒宁远？

　　宁远望着阳光，发了很久的呆。没有云凌的日子已经过去了三个月，此时他已经没有了最初云凌消失后的焦虑和不安，云凌如同此刻窗外冬日的阳光，有了明媚的感觉，但不炙热，望久了还会感觉无限遥远。偶尔也会想：云凌也许永远都不会回来了。他还能清晰地记得第一次见她。那个饭局上云凌并不是最出挑的一个，其实她从来也不是，但她那种与年龄不相符的安静还是很容易吸引人，或者说很容易吸引宁远。和云凌待在一起仿佛看着如镜面般的湖水，在这个喧闹的城市里所有的慌乱和不安都能烟消云散。他一直不明白她为什么会具有这样的能力，一开始以为是她是心理咨询师的缘故，后来见了云凌的同事，他才明白：那种如水般的安静特质只有她才有，也因为她的安静，一笑开反而像花一样绽放成了另外一种样子。她任由他的手在身体上游走，也沉迷着那样的游走，那样的日子里，他应该是爱着的吧，但是连他自己也不能明白在云凌消失后所做的一切。他那样急着摆脱嫌疑，而且竟生出了怨恨，在一起再多的好原来都可以在瞬间消失殆尽。他的爱恋真的还算是爱恋吗？他不知道连升如果一直活着是否还会坚信他写下的那句话："爱上她，就像月光开出了花……"难道仅仅是因为他过早地就迈出了那个出口所以也就不再怨恨什么？如同他此刻，暂时拥有了生活的安宁也就不再怨恨云凌，想起的都是些美好，但也仅仅是美好，没有欲念亦没有留恋。

这些天他正精心准备《日记上的血痕》再版。再版的扉页和腰封都会写上一句："此书献给凌，因为你的爱才有了这样的开始。"第一次想到这句话，宁远还落了泪，甚至在那一刻也有些许的心痛滑过，但很浅，浅到连他自己都无法看清，随即就被更清晰的想法淹没覆盖了。他的开始的确是云凌给的毫无疑问，但是他更愿意相信并且也希望别人相信她给他的只是爱的开始，而不是机会的开始。他甚至希望每一个看到这本书的人都能这么想。这或许并不是他写下这句话的初衷，却是最后决定写下这句话的真正意义所在。宁远已经发现自己越来越理智了，也有了更多的冷静。

一个月前的读者见面会上，有人曾用崇拜的眼神看着他，说，看见他仿佛看见一汪纯净的湖水，平静极了。当时他只是淡淡一笑，那笑里有礼貌也有节制，那是他第一次听人说，他平静。他开始逐渐明白原来平静也是需要有很多东西来支撑的，如果没有之前的新闻炒作、新书的首发，如果书没有卖得那么火爆，甚至如果没有他一直喜欢却从来没舍得买的这身衣服，他知道自己绝对做不到平静，更没有人可以看到平静，有的可能只是寒酸。一切来得如此之快，但他庆幸自己以比它们更快的速度适应了这一切，包括看起来的淡然。在小军、杨利民一聊天还总是沉浸在对钱的狂热里的时候，他已经能对一切淡淡地一笑。但是从心里他从未鄙视过他们，连那样的念头也没有，不是因为他高尚，而是因为那一切都还是他不久前的样子。为了不鄙视自己，所以他完全可以做到不鄙视他人。那一刻，他发现，原来，崇高是可以培养的。他总是不断在发现，发现一些新的规律，一些从前完全不可能属于他的人生规律。明天，还要去和顾总谈关于再版的一系列问题，此刻他只愿意享受阳光对身体的覆盖，什么都不急，他知道，他还可以更好。

顾注意到和宁远一起进来的还有一个陌生人的时候，宁远已经安静地坐在了沙发上，来的人并不说话，但是情形已经有些明白了，那刻，他有些后悔低看了宁远，他以为只是再版而已，只要他稍一沟通，那就不会再有任何问题，现在看来，一切并没有那么简单。小军、杨利民也看了一眼这位随行者，又看了一眼宁远，但宁远并没有和他们的眼神相接，只是轻松又执着地低头抚弄桌子上的纸茶杯。

谈话进行得并没有想象中那么激烈和不顺利，因为一谈到具体的事项宁远都会让同他一起来的律师谈，所以大家都保留了应有的客气。只不过，有了客气也就意味着有了疏远，无论是顾，还是他的两个同学都明显地感觉到了他的远离，不只远离了他们，也同他自己原来所处的位置步步远离，直至完全模糊了影像。

小军从那时开始确信是宁远操纵了这一切，从云凌的消失到一系列的炒作，再回头看顾，反而变成了一个单纯的人。和律师在一起，顾经理嘴快的优势完全显现不出来，律师尽管语速并不快，但每句话、每个字都很明确、笃定，因为笃定也就没有了商量的余地。最后，扔出两个选择摆在顾面前：要么支付卖书的版税，要么一次性付六十万。顾没有直接回答而是看了看小军，小军立刻会意，对宁远说：

"哎，不用一直麻烦律师嘛，咱们一切都好商量。"

说着走到宁远身边准备拍拍他的肩膀。宁远笑了，笑得绵长、悠远又不容置疑：

"就是商量啊，因为我们都不太懂嘛，有懂的在，更好谈，不要急，一切慢慢商量。"

说着貌似不经意地拍了一下小军落在他肩膀上方的手臂。被他一拍小军立刻闭上了嘴，回到自己座位开始无聊地盯着自己的脚看。顾又看了看杨利民，杨利民始终低着头完全不接收他发过来的任何信号。每次面对杨利民泥鳅一样的个性，顾心里都会恨恨的，生出要把他像喂鱼食一样剁碎的念头。没有了任何依靠的顾最后选择从自身来寻求解脱，他歉意地笑笑说，去个厕所。

过了很久，一回来立刻抱歉地说："不好意思，不好意思，吃得不合适了，不舒服，"说着脸上配合似的挂了一副难受到夸张的表情，"要不，改天？改天咱们好好谈？好不好？"

顾开始用手捂肚子，似乎一刻也不能再等的模样。看见宁远起身说"好"，他松了一口气。等门再次关上只剩下他们三个的时候，顾直起了身子，摸了摸头发自语般说：

"都是爷爷，都是爷爷，就我他妈的啥时候都是孙子。"

"不是你说，孙子也是有的当比没的当好嘛！"

小军说完，半笑着看了顾一眼，在顾没有发作之前迅速溜了出去。杨利民没有走，先是给顾端了杯水，见顾瞪着他又讨好地笑了笑才开始慢慢说：

"顾总……"

杨利民只要一说话总是"顾总""顾总"地叫，也只有他这么叫。顾虽然嘴上不说，其实心里是受用的。

"顾总，你也看到了，不是我躲，宁远那是有备而来，绝对不是说几句话就能打发掉的，我们没必要自己在这儿瞎琢磨，他请律师，我们也能请啊，他学得精，我们只有比他更精……"

杨利民滔滔不绝地说着，整个人深陷在屋子的暗影里，只有轮廓被窗外的街灯晃得发亮。顾没有说话，直接越过杨利民的身影望向窗外，他希望可以看清楚更远、更深、更冷的暗影里还有着什么，但最终一无所获。后来杨利民开了灯，两个人都眯了一下眼睛才努力适应了突然而至的光亮。

二

自从有了车再也不用在冬夜里骑行，小军已经逐渐忘记了冬日的寒冷。现在，他像许多人一样里面只穿一件衬衣，常常被杨利民问：

"不冷吗？"

他摇摇头，见杨利民穿着秋衣、羊绒衫、厚外套反而感觉很诧异，其实，不久前他也那样穿，但人就是这样健忘，而且永远感觉别人不可理喻，只有自己才正常。过去他和宁远最谈得来，他们一起谈女人、谈未来，也习惯一起谈堕落，那时他们都嫌杨利民滑头、顾奸诈。可现在，一想起宁远，他常常会感觉脊背发凉，和宁远比起来，所有这些人，包括他自己在内都显得太小儿科、太微不足道了。宁远不光策划、导演了这一切，连律师也先他们一步请到了，看着宁远客气而遥远的微笑，他常常会有种他们从未谋面的感觉。如果一定要说他们曾经相识过，那只能说在某个时刻宁远突然就完成了某种进化，而他们呢，仍旧固执地停留在原地不停张望。因为宁远的骤变，顾在他眼里突然变得可爱起来，知道杨利民会留下来陪顾，他也没有再生出过去的那种不快，反而觉得两个人一唱一和也不错。

没有车之前，小军觉得车比女人重要，不仅仅因为面子，有限的几次从别人车里透过车窗看这个城市的经历，让他感觉到了这个城市不同于往日的柔和，那种柔和瞬间让他心生暖意，觉得这里也可以属于他。而骑着自行车，灯光和冷风从来只会呼呼地从耳边飞过，那时他只有一个念头——尽快到达目的地，城市于他而言根本不存在风景，只有灰冷、高大的建筑。骑车那段日子结识女人就会更麻烦些，在校园里骑车带姑娘看夕阳或许是件浪漫的事，但到了大街上，被风那么呼呼吹着，没有丝毫浪漫，有的只剩傻气。现在已经没有哪个姑娘会跟着你一起冒傻气。好几次，他只能把车子先留在公司，陪姑娘吃完饭再坐公交回家，晚一些没有公交的时候，打的钱都快赶上饭钱了。他讨厌和人算计，但更讨厌的还是和钱算计，每次和钱算计都让他心灰意冷，感觉既看不到前路也回不到过去，有的只是失望的无穷尽延续。最初有车的日子，只要有可能他都会对着外面张望，透过车窗看路边的房子、路边的人，还有那些缩着脖子赶路的骑车大军。看着他们，会有某种类似满足的情绪漫上来，因为除了他，别的人都在一瞬间变成了蝼蚁。他不确定之前那些开车的人是否也会像他现在看别人一样看他，看他如蝼蚁般活着，还是会像那些已经脱离了低级趣味的所谓学者一样，看见蝼蚁第一时间想到的是苍生大众？他只能确定自己不是那种"脱离了低级趣味"的人，永远都不是，即使有一天他脱离了自己走向另一个轮回，低级趣味也是万万脱不了的。对他而言，那不是一件衣服，那是紧贴着骨头的皮肉。过了一段时间，只是很短的时间后，他就彻底失去了看的兴趣，偶尔有好车和长腿的姑娘闪过，他才会第一时间捕捉到并溜上一眼。

有了车，和所有男人一样他开始想念姑娘。看着满大街那么多的长腿竟然没有一条可以供他触摸的时候，他有些难过，尤其想起宁远被女读者追逐签名的场面，更有想打人的冲动，很想冲过去大喊一声：宁远就是个骗子，骗子。这句话他对张胜说过，当时，正在做记录的张胜抬起头看着他：

"说具体点，时间、地点、经过，慢一点说。"说完低头继续记录。

"他就是个骗子，没什么经过，他的经过只有他知道，我怎么会知道？"见张胜望着自己仍是随时准备记录的样子，小军有些哭笑不得。像张胜这样无趣又刻板的人并不多，反而很容易延伸成一个笑话，张胜也找过杨利民，事后杨利民使劲拍了他一下说：

"搞什么呢？和我还藏着掖着，你太深了吧，学宁远啊。"然后说了一大堆张胜如何如何套他的话，结果他什么都没说，说起张胜的认真杨利民说了一句很中肯的话：

　　"像和一个更年期女上司聊天，除了担心还得周旋。"又问小军说了些什么，小军说：

　　"一样，一样，和你的没两样，"见杨利民一脸的怀疑又说，"本来嘛，咱们能知道什么？咱们和宁远同过窗又不是同过床，细节还是要问他的女人嘛。"

　　一句话让杨利民笑了，说：

　　"行，还是你行。"

　　杨利民在张胜面前的确没有小军说得多，对于熟悉的人杨利民也常常是话到嘴边留三分，陌生人就更是如此。张胜问他的话和问小军的一模一样，小军侃侃而谈说了整整一上午，他只用了一个小时，而且一个小时里主要还是张胜在问，他的回答多数都是"不太清楚，没有注意过，不知道"。问到最后，张胜明白不可能从他这儿找到任何线索才起身离去，临走又说了一遍和小军分手时说的话，尽管心里明白对面的这个人完全不会去配合，该说的他也还是一字不落说完。

　　一个人的时候张胜回想自己这两年的生活，觉得自己已经有了强迫症的倾向，包括问话、记笔录。最初或许还有一些被监督的成分在，现在，只要一穿上警服立刻如开启的电脑程序一般根本停不下来，尤其最近被领导夸奖了几次后，更是时常陷入一种被表扬的幻想：好像每一篇记录都有被领导审阅的可能。他甚至常常想象领导看记录的表情，看到这句点点头，会说：嗯，做得不错，这么详细。看到那句会说：嗯，注意了细节。每次整理记录本他都会想象一番，对领导的幻想眼看着已经淹没了对姑娘的想象，而且还有蔓延的趋势……有时候他也会陷入案件里，案件随着时间的推移不但没有任何进展，反而像被水稀释一样开始模糊。宁远身边的人已经差不多都问遍了，目前为止没有一条线索是有价值的。云凌的住所也雇人挖了个遍，什么都没有。唯一增加的只有他的记录和案宗，现在他能肯定的就是随着时间的推移那些记录还会增加。与案件无穷尽的虚无比起来，他还是更愿意陷入领导的赏识里，那，至少是个动力。

三

　　周二下午，阳光依旧白亮，透过玻璃还带来温热，宁远像以往一样在躺椅上伸懒腰，听见电话响他继续往直里撑身体做最后的冲刺，直到感觉到骨骼和肌肉各自拉伸到极限，嗓子里发出"嗯"的一声，才起身走过去拿起手机。自从搬到这里，尽管只是租的房子，他也还是添置了许多东西，不同于过去住三四年也还是将就着。躺椅就是其中之一，躺椅摆在阳台上，只要有时间，他就会在一天中太阳最足的时候躺一会儿，也只有被阳光笼罩，他才能清晰感觉到一天的存在。顾经理在电话里还是以往的腔调，带着些讨好，尾音拖得很长，开始他以为又要配

63

合参加关于书的各种活动，一听感觉出了不对劲，顾在电话里说，他们公司要和另一家公司合并，所以他的出版合同以后就由那家公司一起负责，之后又说，不急，不急，好好想想再答复。末了又加了几句最近好不好之类的客套话就挂了电话。电话那边显然并没有期望听到任何的回答，这让宁远有些不习惯。最近这段时间，只要顾打来电话一定是需要他同意签署些什么协议或是出席在某种场合，听见他说一个"行"字，顾会在电话那边笑出声来。顾从来不掩饰自己的愉悦，笑声在电话里有时甚至能延展出缠绵来，而且顾永远会耐心等待他的回答，仿佛他们天生就是问题与答案的关系。只有答案出场了问题才能睡得安稳、活得安然。像今天这样不等回话还是头一回。

随着电话挂断，顾声音消失，宁远心里升起的是情侣遭到遗弃般的感觉——烦乱又心有不甘。尽管只有几个月的时间，他已经对出版业有了比较深入的了解。他清楚著作权转让是怎么回事儿，好多书一经转让从此就没了下文，会被一再搁置，即使再出版，也是勉力为之，不要说谈条件，有时候甚至需要自己出钱负担费用。

给小军打电话过去，只是嘟嘟地响。离顾来电话已经过去了两个小时，两个小时里他一直在出租屋有限的空间里走个不停，连水也没有心思喝。好不容易才摆脱的，以为一去不复返的焦虑竟然又折回了身。几个小时后小军才回过电话来，电话那边声音也弥漫着冷淡，当然也有客气，完全不像是和他有过十几年交情的人。在持续的冷淡里他突然有些无所适从，过去两人之间习惯性的粗话、责骂被挡在另一个与他遥遥相对的地方，看得见，却始终无法近到眼前。挂断电话很久，他才骂了一句。

当电视里的节目开始第二次循环播放的时候，他想起身找遥控器，发现四肢开始僵硬，他看着自己的腿，突然想起了多年前的一个故事：一个人整天躺在床上，四肢变得僵硬，常常哭泣，甚至害怕洗澡，尽管他知道洗澡其实没什么可怕的。他开始在心里一遍遍重复洗澡的动作：起床把脚放在地上，站起来，走进浴室，打开水龙头，站到水下，冲洗，打香皂，冲洗干净，擦干，走回床边。共十个步骤，是的，就十个，最后他鼓足勇气起身把脚放在地上，但马上就后悔了，想继续待在床上，可是双脚突然无法挪动……很久后，他看见有人为了避免他的尴尬帮他把脚提到了床上……

谁的出口

一

王律师打来电话的时候宁远发现自己的手竟然可以动。那么昨晚的一切难道是梦境？这么说顾并不曾打过电话？没有让他辨识更久，电话里王律师就把顾昨天说的话又重复了一遍，只是更详细而已。说完，王律师说，一会儿过来面谈。放下电话，宁远感觉心脏又开始突突突突地往嗓子眼里冲，为不让心脏从嘴里冲出，宁远闭紧了嘴巴。

王律师按了很久门铃宁远才把自己挪到门口，开了门然后又把自己挪到沙发上。看着对面的王律师宁远有些后悔请他，如果不是请他或许顾也不会放弃他的书。自己不但不聪明，简直就是傻。王律师和平常一样从皮包里拿出一摞文件才开始说话。宁远闭了一下眼皱起了眉，为了遮掩心烦他转过头，眼睛开始看着沙发右边拐角的一处污渍。直到王律师说一切不是文化公司单方面说了算的，他才重新把目光落在律师身上。见他看着自己，王律师的话锋又一转说道：

"当然，文化公司既然正式打电话过来，说明他们一定咨询了相关的法律程序，在程序上应该是合法的。"见宁远又要把头转向别处，王律师只好说：

"您先听我说好吗？"

宁远开始认真看着王律师，眼神里带着挑衅和不信任。

王律师继续说了下去：

"昨天他们打完电话，我已经研究过，我们目前只有两条路可以走：一条，假设他们的提议不合法，那么我们打官司即可；第二条，如果他们的提议是合法的，那么我们要开始考虑和新的文化公司谈出版条件，书转手后，为了降低作者的稿费一般都会以各种理由延期出版。那么我们要谈的除了稿费还有让他们尽快出版的强硬条款。现在我们的书基本上是利用丁云凌在炒作，而炒作的那个点主要是《遇见女孩儿凌》的热播。但《遇见女孩儿凌》播完后，遇见某某之类的节目已经没有之前的收视率，上周整个节目干脆停播了。你知道的，现在这个时代，没有什么比迅速忘记更容易的事儿了，如果我们到时候还打这张牌恐怕打动不了文化公司。"听到"利用云凌在炒作"这句话，宁远深吸了一口气，看了看天花板，又把眼睛重新移回王律师脸上，用眼神示意他继续说下去。"所以，我昨晚查了很多资料，你还记得梁鸿雁这个名字吧？就是你书里写过的这个名字。"

宁远点点头。

"这个名字不是虚构的对吧？"

宁远又点点头。

"我记得你说过这一部分是非虚构，所以上午我专门去涂水镇派出所查了一下，当年初中时移走户口，叫梁鸿雁的只有一个人，她没有走远，只是去了离涂水镇一小时路程的龙城，我去龙城派出所又核实了她的身份，还查到了她学校的电话。来这儿之前我打过电话，电话里我问她一些情况，提起连升这个名字的时候，她迟疑了很久，说不认识就挂了电话。但是我能确定，她就是你书里写的那个梁鸿雁。"

宁远张大了嘴巴，很久才合上，令他惊奇的不仅仅是王律师在茫茫人海找到了这个人，更令他惊奇的是真的有这么个人存在。说实话，当时写下这些的时候，他只是根据母亲的叙述。多年的记者生涯让他很清楚叙述本身到底有多不靠谱，只要是叙述就会有人为的添加，他没想到这个梁鸿雁竟然真的存在。

送走王律师，宁远仕心里由衷觉得钱真是个好东西。当初和王律师签协议时律师酬劳是按稿费多少签的，也就是说他挣得越多，王律师也就相应会挣更多，要不会这么上心？会去调查一个他书里的名字？看着外面的阳光，宁远又笑了，他继续躺在躺椅上开始伸懒腰，梁鸿雁，梁鸿雁……边伸懒腰边一遍遍念着这个名字。

另一个城市里叫梁鸿雁的中年女人在中午之前接到两个电话，一个电话是派出所打来的，核实了很多情况，后来竟然问认不认识连升这个人。连升？那个死去的连升？挂了电话她有些恍惚，接着先勇就打来电话说有重要的事见面再说。她不知道先勇单独约她出来要谈些什么。除了过年绕不开的同学聚会，他们几乎不会见面，很奇怪，在这样一个并不大的城市里，除了聚会他们竟然从未碰见过。除了他，班里其他同学，有时在超市，有时在马路上，多少都见过身影，唯有他，像是专门藏匿起来了一样。

她选了咖啡厅拐角的位置，靠窗，安静，唯一不方便的是离厕所有些远。她不知道他们会谈多久，在她有限的印象里咖啡厅谈事儿也就意味着要一直一直喝水，然后再一直一直上厕所，对不熟悉的人，这是尴尬的。旁边沙发上一对年轻男女轻声嬉笑着，男人在女人耳边不知道说了句什么，女人就开始娇笑，后来她发现无论男人说什么，女人都在哧哧地笑。那样的场景她并不陌生，不久前，儿子带了女朋友回来，那几天，多数时间里，家里都能听到女孩儿的笑声。女孩儿穿着牛仔裤，留着像男孩子一样的短发，和她打招呼的时候毫无羞涩感，反倒是她有些不自在。但即使这样，当儿子在女孩儿耳边说情话的时候，女孩儿那低眉浅笑的样子还是让她想起了从前那些陈旧的时光。这个世界早就变成了另外的样子，可一旦爱了似乎所有人还是会立刻回到简单的从前。

半小时后，先勇边脱外衣边说着抱歉的话，随着他的到来空气里迅速带入了一丝秋天才有的清凉。他坐下说：

"外面起风了，又开始凉了。"

梁鸿雁带着笑意看着先勇，没有接话而是等着他继续说。先勇见点了茶，问她爱吃什么，见她摇头，就在服务员拿的本子上用手指着说：

"这个，这个，还有这个。"不一会儿，服务员送过一瓶打开的红酒、一盘水果和一盘坚果。先勇并没有立刻说话，而是给自己倒了一杯酒喝了，然后开始专注地看她。在先勇的注视下她终于开口了：

"说吧，有什么事儿？"

先勇皱了皱眉又眯起眼睛看着她。不近看，其实看不出先勇是五十多岁的人，因为他总是习惯性往后挺着脖子，无形中也就挺直了身板。先勇脸色黝黑，这样的肤色年轻时不沾光，总是看着老成，但真老了反而不显老变得耐看了，不过眯着眼还是加深了他眼角的皱纹。梁鸿雁见他不说话，还看着自己，索性低下头开始抚弄手里的杯子。

"你看，你看，你还是这个样子，你就不能多问几次到底什么事儿？你就不能做出一点显得惊奇的表情？老是我妥协，好吧，你看这个。"

先勇说着从包里拿出了一本书给她递了过去。

她看看先勇：

"谁的？姑娘的？"先勇摇摇头示意她看书。

她开始翻书。

第一页：

"爱上她，就像月光开出了花……"

第二页：

"我们一生寻觅的不过是一个出口，我们以为只要不断前行，终有一天会与它相遇，却从来没有想过，越走会离它越远。最后，它只是变成我们回忆里的一条路径，一个想象。在水里沉下去的某个瞬间，只有水包裹着我，它是轻柔的又是有力的，只要沉的时间足够久，还可以感觉它包裹着我的呼吸……"

第三页：

"这从来不是离去，也没有人可以真的离去，只是坠入水里，被水不断包裹，离去的方向，我们总以为它很远，在遥远的地方，不是的，现在越来越确定，不是的，它很近，就在指尖、手旁边，也许只是一抬手就去了远方……"

第四页：

"感觉越来越迷恋水了，但今天却因为她分了心，因为我听到了她的笑声。尽管那笑声不是给我的，笑声和她的人一样，都是别人的，但那笑依旧是最好的。只有水可以无尽地包容我，接纳我，因为分心，今天呛了水，最让我难过的是在她的面前。我本来可以一直沉在那里，沉下去……"

第五页：

"我感觉离那个出口越来越近了，我可以一直沉着，一直等待着，一直被水包裹着，它抚摸着我的呼吸，还有身体……我知道很快就会到达出口。"

这是我小舅舅写下的最后的日记。很多天后，一个初秋的下午他最终找到了他认为的那个出口。那天他被水无限包裹着沉入了湖底。他的面庞因为他的出离而永远停留在了最鲜活的时候。在那样一个比花还要灿烂的年纪死去，唯一让人不感伤的就是他永远不会老去，也永远不必担心容颜的衰败，更不必担心世事的变化下，脆弱如人心般反复地折叠。他即使曾经有过煎熬那也是玫瑰花瓣芬芳的煎熬，不会像走过一生的人一样，用沧桑磨砺自己也磨砺别人，直至面目全非，老得连自己看了都难过。更不会在时光里让自己萎缩变小。因为不必老去，他也就妥善地保留了他的体面……

文字的下面是一张照片……

看到这页，梁鸿雁再也没有翻下去，照片里的人就那么毫无遮拦地和她对视着，即使隔了岁月，她还是一眼认出了他。然后，泪像水一样倒了出来。

先勇给她递过纸巾，过了很久才说：

"和你一样，我第一次看，也哭了。"

"谁写的？你认识他？"

"不认识，那天找了很多他的资料，网上介绍是连升的一个外甥，模样或许和连升有一点点像，但不说，根本不会想到和连升有关系。"

她沉默着。

"你的心结可以解开了吧，他不是因为我们而走的，真的不是。"先勇说。

"更不是因为你，反而是你让他觉得有了一丝光亮。"

梁鸿雁的泪还是继续往下落，那些泪像是并不出自她的身体，而是外来的一样东西，根本不受她的控制。

后面的时间里都是先勇一个人在叙述，边叙述边一杯一杯地喝酒。

"我这辈子已经没有任何遗憾，生意上起起落落，朋友、家人分分合合，对我来说早就见怪不怪了。只有一件事儿，就是你，这辈子，想起你，我就总觉得自己亏得慌，我努力了一辈子，别人眼里什么都有了，可实际呢？现在除了有个女儿前妻带着，什么也没有，你知道为什么吗？因为除了你没有女人能再走近我，进我这儿。"先勇说着拍拍他的胸口，仿佛梁鸿雁就常年住在那里。

"四十年前，你说的话，我一直记着，你说，连升是因为我们而死的，我们永远不可能在一起，连朋友都不会是那种亲近的朋友，我听你的，做得可以吧，可实际上呢？"

说着又倒了一大杯给自己。

"连升走了，他解脱了，但我们呢？四十年啊，四十年多长，四十年在过去已经埋在黄土里了，"先勇拍着桌子，桌子上的酒杯因为震动漾了一下，并没有洒出来，"我们的四十年就这样内疚着，内疚着……不只是你，我也以为是因为我和你好，才最后刺激他沉了湖。谁知道，他妈的，他是因为过不了心里那一关，他想一命顶一命啊……”

那天，先勇喝了很多酒，喝一会儿说一会儿，偶尔声音里会带着哭腔。咖啡厅从九点开始已经没什么人，只有老板隔一会儿就过来问梁鸿雁还需要什么，很久她才意识到是怕他们都喝醉结不了账，赶紧把钱给了老板。果然，老板扔下一句“十一点半关门”就不再过来。看着醉成一摊泥的先勇，梁鸿雁看着表一直犹豫要不要叫个同学过来，可又觉得解释起来太费劲儿。快十一点的时候先勇晃悠悠地站了起来，摆着手说，没问题，没问题。两个人打车到宾馆，看着先勇躺下，她才离开。

那晚，她没有喝一口酒，却比喝了酒还要晕。剩一个人了才开始细细回想先勇说了些什么。她没有想到的是过了四十年，竟然还能在书上看见连升的模样，那种感觉她不知道该怎么形容，不看照片，以为自己早就忘了，忘了过去，也忘了他，更忘了他的模样。

照片里的连升还是他们第一次见面时的模样：干净、稚嫩。那时的冬天比现在要寒冷，记忆里从她上初中开始连升就老是穿着藏蓝色棉猴大衣，一放学就跟在他们几个大孩子后面，他们去哪儿，他去哪儿。一群人里只有她一个女的，所以连升老被取笑是因为喜欢她才跟着。不知道是为了证明还是别的什么，后来她开始刻意和先勇走得很近。冬天，在老城角湖上溜冰的时候，她不让别人拉，却会把手伸向先勇，让他带着她滑向远处。先勇拉着会得意地转好几个大圈，那时的连升默默地跟着，只是不笑而已，什么也没有说。直到先勇有一天亲了她，当时还被她踢了一脚，但是那之后，她竟然真的喜欢上了先勇。他趴在她耳边说话，一说，她就笑了。那年冬天学校已经不怎么上课，他们每天能做的就是：吃饭、滑冰、滑冰、吃饭，连升偶尔也跟着他们，但她已经很少去注意连升了。腊月最冷的一天，学校组织他们去批斗三年二班的王老师，连升也跟在后面，就是那次，断送了他们的一生。尽管冻得双手通红，几个男生还是站在那儿拿着树枝敲打着王老师，让他交代自己的罪行。后来，有人把一杯水泼到了王老师身上，王老师用手抹了一下低着头继续听他们呵斥。再后来，有人拿着一块脏兮兮的冰疙瘩，六儿点着树枝把冰放在一个废铁桶里烧。过了一会儿，臭味四溢，他们才知道那是从厕所捞的一块粪疙瘩。化开后，六儿问：

"谁泼？"见没有人动手，六儿开始看着连升，她把连升往后拽了一下，六儿继续看着连升说：

"娘们儿性格，要不没姑娘喜欢你呢，就知道躲后面。"说着拎着铁桶径直向王老师走过去。谁都没想到连升会突然跳出来抢铁桶，然后飞快地泼在了王老师头上。一直不出声的王老师生硬地喊了一嗓子，然后咕咚一声倒在了地上。那一幕，吓坏了大家更吓坏了连升自己，他狂奔回家。第二天，传来消息说王老师畏罪自杀了。听到消息连升当天就躺倒了，开始断断续续地发烧，人也跟着没了精气神。那段日子梁鸿雁因为自责，每天都会去看连升，陪他说话，还告诉他，王老师的死不是因为他，王老师老婆都说了，那之前已经死过好几回了，只是这回死成了。连升听她说话的时候面无表情只是眼神空洞地点点头，已经完全没有了以前的笑容。一个月后连升的病终于好了，梁鸿雁心里的一块石头终于落地，她飞一般地跑到先勇跟前说：

"好了，好了，完全好了，再不用陪了。"

转眼到了夏天，她和先勇在亭子里说话的时候，常常看见连升在不远处游泳，有时她也会向他招招手。连升沉湖的那天，她和先勇也在亭子里，她以为他是在游泳。那个下午，她一直沉浸在先勇的绵绵情话里，其实不只那个下午，和先勇接吻后的所有时间里她都沉浸在那些陈旧的、千百年来变化不大的情话里。直到黄昏时湖边有人大声喊叫。她看到了漂在湖中央的连升，像一尾死去的鱼。连升死后她逃离一般转了学。后来尽管只是一步之遥却再也没有踏入那个小城一步，连单位安排出差她都不会去那儿。

梁鸿雁以为不想、不提，就能完全忘记。同学看见她有孩子都以为她结婚了，或者至少是结过婚。没人知道孩了是领养的，不是她想惩罚自己，而是时间从来没有打算放过她。男人一碰她的手，连升就会像影子在她脑海里出现，而且当时死去的连升，像鱼一样漂在水面的连升会出现在她的梦里，梦里她都能感觉到自己要窒息。这一切只要离开了男人就会自动停下来，没有男人，连升似乎也跟着一起消失了。由于男人一抱她总是迅速跳开，时间久了都感觉她有些神经质。

学校陈老师在一次课间休息问她是不是小时候有过什么不愉快的经历，说话的时候带着窥探，带着客气，也带着隐忍了许久的好奇。那时，她开始想到：如果不结婚，那么随着时间的推移，以她的表现迟早会被人认为是疯子，她不想一个一个地去解释为什么，任何话，任何时候只要开了口，只要撕开那么一点点，那么它就永远不再是秘密，而随着口口相传、随着时间的浸泡，你会发现它不但彻底没有了最初的模样，甚至早已经不再是它本身，被许多人反复添加后，即使面对面碰着，你都会陌生，会想：这说的是谁？你会对自己竟然是这个故事里的主角而大为惊奇，自己竟做过这样的事？为什么自己不知道呢？故事版本永远不止一个。她明白，一切只有停下来，才能阻止流言疯长，她也知道只有独自孤独才能彻底远离连升漂起的那一幕。

不久后，她选择领养了一个孩子来彻底告别单身也彻底告别男人。一周后学校有人开始闪烁其词地问她为什么领养，为什么要这样？梁鸿雁闭口不答只是抿嘴笑笑。原来流言就像空气一样，即使没有风吹过，只是人走过都会带动流通，这就是流言吧。

这么多年来今晚是第一次连贯地想起连升。她，已经老了。如同书里说的：老得连自己看了都难过，而连升却永远可以年轻着，因为他已经抵达了那个出口，只有他们还在俗世里艰难摸索、爬行。想完连升，先勇说过的话也陆续清晰起来，暗夜里，即使不照镜子，她都能感觉到身体开始以比以往更快的速度松弛下去，她的肌肉、水分和最好的年华已经一去不复返了。在一起？在一起能做什么？只会多份回忆的尴尬罢了。

二

先勇已经连续一周反复给梁鸿雁打电话，约不出来，干脆直接出现在了她的家门口。先勇出现前，梁鸿雁正认真看那本书，看见他，她没有让他傻站在门口，如果是从前，如果他还是二十岁，她会选择让他站着不去理会，但现在，一个已经开始步入老年的男人呆呆站在她门口不但显得傻，而且令人匪夷所思。

先勇进门坐下，像年轻人一样鼓着嘴，年轻人或许会显得可爱，而他这样就变得有些可笑。她端了杯水给他。

"你说你，怎么就不给我说话的机会呢？"先勇扯着脖子，青筋都开始显现。

"那晚都说了，还说什么？"她淡淡地。

"那晚，喝多了不是吗？"

"那是你，我没喝，所以，我知道你说了什么。"

"你既然都知道我说了什么，还躲？"先勇干脆站了起来。梁鸿雁用手示意他坐下，又指了指隔壁，用老师对待提问题的学生的口气说：

"喝口水，慢慢说，不要嚷，一把年纪了还嚷。"

先勇开始放低声音说：

"你既然知道我的意思就不该躲啊，连升不是因为我们死的，你不是已经清楚了吗？"见她点点头又说："你不是也一个人吗？"说着又举起右手，"我发誓，如果你现在不是一个人，我绝对不会再多想什么，多要求什么，这个觉悟我还有。"那天他像年轻人一样，一说话就变得冲动，而且很容易就沉浸在自己的情绪里不可自拔。

梁鸿雁看着窗外缓缓说：

"你看太阳，虽然还没有落，但是照着已经不暖和了，就像我们，或许从外面看起来没有那么老，似乎还有果肉，其实已经早过了那个季节了，除了连升，难道你真的以为我们还有谁能回到四十年前吗？不会了，真的不会了，这世上除了早走一步的连升能安静等候着，我们谁也不能了，就算是煎熬也已经被煎熬习惯了，说到底，我们谁也没有连升那样的勇气，而且，我相信如果连升活着，他也会像我们一样，说到底，勇气只会在某个年纪有，随后就没了，跑得比时间还快。你现在就是头脑发热，而且，你的遗憾里更多的是不甘心，但是，你要知道，现在的不甘心总是有念头的不甘心，真的在一起了，你依旧会不甘心，你会觉得一件事开头美好，结局潦倒，而你什么都没有做过，很快就会草草结束，那时，我们或许真的就什么都没有了，留点念想不好吗？"

说话的时候，梁鸿雁有时盯着窗外，有时盯着先勇，而话结束的时候，窗外的太阳像配合似的完美落幕，一瞬间天就黑了。

先勇听她说完仍是进门时的样子直着脖子喊：

"然后呢？然后呢？你说的只是你的感觉、你的想象，你又不是我，怎么会知道我怎么想？我就是喜欢你，过去的、现在的都喜欢，谁想回到四十年前啊，我真不想，那时，我能给你什么？什么都给不了，不要以为你当老师就什么都知道，老是猜测别人的心思，你那些都是书本上的，你应该看看现实，现实就是我想要和你在一起，哪怕是搭伴儿过日子呢。"

梁鸿雁见先勇还是这个样子，有些不耐烦地站了起来，然后又坐下说：

"好，我知道你的意思了，但你也应该知道我的意思吧？我的意思是我们今生做不了夫妻，我也不要和你做夫妻，你至少应该尊重我吧？"

"那你肯定是有别人！你告诉我，是谁？你总得让我死心吧。"

先勇开始不依不饶。

梁鸿雁眼看着他变得不但像年轻人一样冲动，更像年轻人一样开始无理取闹，最终丧失了耐心，站起来指着门口说：

"这是我家，今天就聊到这儿，改天再聊，走吧。"

先勇见她说话声音大了开始小心翼翼地说：

"我改天还来啊，但你要接我电话。"说完，退到门口，孩子气地看了她一眼出了门。

先勇走后，梁鸿雁又安静地看了会儿书。内心不但没有丝毫愤怒的感觉，反而有一股淡淡的说不清的喜悦，她很奇怪自己竟会有这样的心情。

后来的一个月先勇再没有联系过她，也没有出现在她门口，这次轮到她开始坐立不安，想着打电话，好几次拿起来又放了下去，觉得好没意思，明明是自己在说服别人，结果却轮到自己难过。忍了三四天，心里来来回回跑马车一样，决定还是打个电话，轻松点就问候一下，终于想通了鼓足勇气打了过去，电话那头却只是嘀嘀响没有人接电话。放下电话，即使只有自己还是习惯性挤出一个讲课时的笑：明明没事儿偏要搅和，还说放不下她？他放不下的应该是他自己曾经的时间吧，而她恰好也在那些时间里，就只是恰好而已，可以是她也可以是别人，过去那些时光里，不光他，他们哪一个不是光鲜靓丽，其实他说什么真的不重要，重要的是自己竟然信了，一把年纪，皮肉松弛竟然还是信了，尽管内心深处，她从未想过要和他在一起，她不想让他那么近地观看她的衰老，尽管他也老了，但毕竟她是女人，那样面对面数褶子的画面，在有些电影里可能会被渲染得很美，在她看来却倍感凄凉，甚至是凄惨。他完全可以像很多人那样找个二十几岁的姑娘结婚，或者，他本来也是这样想的，只是想和她叙叙旧顺便说出来一个想法、一个念头，仅此而已，而她竟然当真了。任何事一当真就容易难过，难过最后像一块布一样蒙在梁鸿雁有些落寞的脸上。

晚上八点多先勇回过电话来，声音有些嘶哑地问她："怎么样，最近还好吧？"她说，好，话语简短而客气。电话那头停顿一下说："你知道我在哪儿吗？我在涂水镇的老城，那个湖你还记得吧，我就在这儿呢，顺利的话也许等两年你就能再看到湖水了。就是忙这个没去找你，我可没被你说服啊，过几天，我回去了就找你。"

挂了电话，她用力吸了口气，眼睛像是被水浸过一样，她没有等它们落下又压了回去，那晚心竟莫名地安稳了。

三

书是宁远托一个戴眼镜的年轻人送过来的，张胜不知道那个人就是杨利民，宁远出书后他还没有见过宁远，倒是领导找他谈了好几次话，让他提高办案效率，还说，不要最后栏目都追踪到下落了，你还没查到。领导在最近的一次谈话中不但详细询问了案情进展，还看了他的记录，看完记录又抬头看着他说：

"不错，很详细，第一次接案子能写成这样，有前途，图也是自己画的？"他点点头。"不错，挺有想法，好好干。"

从领导屋里走出来，张胜感觉好极了，可以说从来没有那么好过，连大学谈恋爱也没有。只是几句话，轻描淡写的几句话就能让他有了被赏识的感觉，因为被赏识又有了想要立刻赴汤蹈火做出一番成就的冲动。语言这个东西真是太奇妙了，而且，同样的一句话从不同的人嘴里说出来立刻就会有不同的效果，如同普通人的手与上帝之手的区别，尤其是你知道他是上帝后，他抚摸你，你等待的是奇迹，而普通人除了为你擦泪顶多是安慰你，除此之外什么也做不了。这些鼓励的话，过去或多或少，他也听到过，此刻从一个有破案经验的领导嘴里说出来，它们有了完全不一样的含义，除了让他觉得前途一片光明，还感觉到自己干什么都行。那种盲目的鼓胀胀的情绪持续了很久。

在满腔热情的鼓舞下，仅仅为了更了解宁远，过去从不看小说的张胜从拿到书那天起，只要一有空就会捧着看。对于书里出现最多的"出口"两个字，还有对死亡美好描述的字句，最初他有些费解：在书中死似乎不再是艰难的，而是另一双可以带着你自由飞翔的翅膀。里面除了大量的日记，还有宁远回忆母亲、父亲以及与死去的连升对比的描写。相比之下，死去的连升不但保留了容颜，更保留了体面，而他的父亲、母亲却因苍老最终不但丧失了容颜、记忆，还有最初的那份平静。在这之前，张胜还从未如此清晰地思考过衰老，只知道父亲已经不年轻了，但究竟从何时开始变得面色疲惫，又是何时开始不光棋下得没有他好，还学会了悔棋和唠叨，他不得而知。近几年更是增添很多孩子气，时常需要哄着才能说通。父亲似乎一点点地把他自己最初的样子磨成了平面直至面目模糊。包括现在看个节目都要落泪的习惯，在过去，或者说母亲去世前，根本不是这个样子。那时，父亲常常笑话母亲耳朵根子软，随便什么话都信，可现在的父亲竟常常拿着一些小广告，戴着眼镜研究。

他告诉父亲："你别看那些，都是假的。"

父亲会很当真地说："什么假的？又不花钱，你看，这个只是让试一试。"说着还指给他看。他不明白父亲如何会变得这样幼稚，不能想象有一天自己也终将步父亲的后尘。想到这些，会突然有深深的恐惧袭来，如果真如他今天看到的父亲一样，最终自己也会是这样一幅画面，一切都将走向不可思议、走向衰败，那他现在的坚持、打拼又有什么意思呢？

几天后的一个早晨，父亲像以往一样浇花，听到身后有响动，头也不抬地说："快吃饭去，老是不吃早饭可不好，没听电视里说吗？早吃好、午吃饱身体要有多好就多好……快去吃……"说完继续哼着小曲浇花。浸在晨光里的父亲远远望去像油画般有了质感，没有那么不好，更没有那么不堪，活得似乎还蛮有滋味。那刻起他才突然发现自己的情绪已经开始有了沦陷在书中的倾向，也是那刻起他感觉到了不对劲儿，丁云凌和宁远一直在一起，那些日记，包括宁远写的文章，她应该在书没有出之前就已经看过了，如果连他这样一个搞侦察工作的大男人都会不自觉受到影响，难道那个女孩儿不会吗？生、死、衰老，这些再平常不过的事情谁都不会完全陌生，不陌生就容易延展出想象来，看了这本书哪个女孩儿还愿意见证自己容颜的衰老呢？只要看过的人应该都会羡慕连升，都会巴不得变成连升，里面一直描述连升的容貌如何纯净、如何灿烂，他是男人尚且觉得那是一幅美好的画面，何况是女孩儿？也许宁远通过书早就杀死了云凌。书出来后，他详细看了所有相关的新闻和节目，宁远的动机很明显，云凌的消失对新书的上市简直就是最好的炒作，这本书的名字甚至连父亲都知道，说在棋牌室听人说，去买书送鸡蛋之类的话，回来当新闻一样说给他听。如果云凌没有消失，会有这样的效果吗？云凌是心理咨询师不假，但毕竟是女人。

事情越想越让他觉得此推理可行，向领导汇报。领导也沉思了很久问：

"你看了书几天有的那种感觉？"

"一两周吧，看完，就开始想这些问题，越想越觉得活着未必是件好事儿。"

领导皱了皱眉头说："真是这样，那，女孩儿凶多吉少，查过，确实没有任何外出记录？"

"没有，连同名的也没有。最近又查，同名的有两次外出记录，只是同名，本人也见过，不是同一个人。"

"那先深层搜查住所，再细点，以后你想到什么就过来直接找我，案子现在已经被媒体关注了，一定要多上点心。"

随着进入领导办公室汇报次数的增多，张胜已经从最初的激动、期盼、平稳过渡到了从容、淡定。因为从容，后来他在汇报的时候已经有心情看领导已经有些谢顶的脑袋和脖子后面松弛的那坨肉，那坨肉低头的时候本来是两层饼的形状，一抬头立刻变成了三层，秒变三明治。看到那一幕他有些想笑。只要时间允许每次张胜都会在领导看文件的间隙里观察，在他的观察、剖解下，领导逐渐化整为零、逐渐变成了他熟悉的普通人，当他后来清晰意识到这一点的时候，之前的鼓励已经像往事一样逐渐走远。

四

张胜把云凌住的屋子又刨了一遍，和之前一样没有任何线索，他不明白问题出在哪儿，难道转移了？最糟糕的是云凌住的房子是拆迁区域，没有任何探头，需要走一千多米的距离才有一个探头，但在这个路口之前已经有很多路口可以通向各个方向。他想起那次喝酒宁远的样子，极冷静、沉着，那也许云凌并不是唯一受害的女孩儿，还有别的？只要牵扯三人以上死亡案件就可以算是大案，这么说，他经手的案子是个大案子，如果这样的大案竟是他牵头破的，那简直不能想象大家的目光要吃惊成什么样子，也许，这次就是老天给他的运气，他必须好好把握。再向领导汇报，他没有把自己最新的想法和盘托出，他不确定，变成一个大案的时候领导是否还会继续让他负责，或许会换人也不一定，他要自己先摸索一下。

他试着联系宁远，很快，宁远接了电话，电话里他明显感觉到宁远已经没有了以往那种低声下气的客气，而是略带平静的客气，说：

"我在外地，暂时回不去，有事儿电话里能说吗？或者等我回去再打给您？"

只是半个月而已，从声音上宁远已经有了脱胎换骨的感觉，张胜不知道再见到本人会给他怎样的意外，不过，这些都不重要了。现在看来，宁远的目的就是出书炒作，这点应该板上钉钉了，只是和人命扯上关系，出了名不是被发现得更快吗？宁远是聪明的，难道会犯这样的低级错误？还是只是藏匿了云凌，等着炒作完毕就让云凌出现？他反复在脑子里盘算着，把所有线索集中起来一一画线，希望能找到最清晰的那个点。现在，一步也不能错，任何一步对他来说都太重要了。如果说死亡对连升是出口的话，此刻破了这个案子就是张胜的出口。

月末的一天宁远终于同意出来见面，他高兴了好大一阵儿，几乎是雀跃了，那种高兴完全可以和被领导赏识相提并论，那时他开始明白原来旷日持久、令人心烦的等待也会生出别样的东西来。

五

冷，但是阳光却好。宁远没有约张胜在咖啡厅见面，他不确定自己有足够的耐心会和张胜一直聊下去，但也没有选前几次张胜单位附近那个小而杂乱的饭店。最近，他发现自己对嘈杂环境越来越不适应，尤其是那种又小又脏的饭店：天花板上吊着的灯泡一律被油烟熏得漆黑，永远烟雾缭绕，导致灯光看起来永远昏黄、暗淡。因为总有人在大声吹牛喝酒，所以，人只要说话就必须更大声才能彼此听得见，不说话的也都呼噜呼噜吃面。在他看来这一切没有别的，只围绕着一个字——穷，每次"穷"这么毫无遮拦地跳出来，他都会吓一跳，同时也会有种泥泞不堪又望不见前路的感觉。对于过往，尤其是和"穷"沾边的过往他不希望自己再频频回首，如果可以，他甚至会一直向前，走到尽头，哪怕是悬崖。和穷苦的磨砺比起来纵身一跳简直就是件幸福的事情，所以，他理解小舅舅——连升所有的心情。

　　他选的饭店坐落在这个城市地标性建筑Feelshop的楼上，一家淮扬菜餐厅。一个小时前他就来了，不为别的，只是不想太匆忙。此刻，喝着竹叶青，茶叶碧绿，茶汤清澈，开水浇进去的时候茶叶没有像毛尖一样立在那里而是上下翻滚辗转着，一两分钟之后是彻底的舒展，像是他的心情。这种茶看着比喝着要好，其实无论流行什么白茶、绿茶、红茶、黑茶，他还是更喜欢铁观音，尽管从来也没有行家那样懂花样、品相，只是粗略地知道它的初始来由，但就是喜欢：喜欢它的香气，茶盖被茶氤氲过后，闻着像是可以直达心底，暖暖的，也让人安静。但在饭店他很少点茶，即使点也只点不太贵的那款大众茶，因为便宜，也因为绝对不会出错。

三十几年的人生经验告诉他：人如果不能出众，那就最好先平庸，埋没在世俗里总比淹没在嘲笑里要好。男人没有身份、女人没有姿色那就最好不要在聚会的时候晚到。没有足够强大的气场和华丽的外表无论你怎么刻意安排，最终还是会兜不住，在大家的瞩目中出尽洋相；点菜也一样，小饭店，吃的都是热络、是数量，菜、饭谁点都是那几样，自然就没有人关注你怎么点；环境越好、越高档、菜品分得越多的地方服务员就练得越精。你一露面，她抬眼一扫描，往往能把你看个七七八八，你是人上人还是人下人，她都懂。有时不是你的穿戴露了馅而是你的眼神露了怯。你一露怯，服务员就开始忽悠你，买了她会笑，不买也会笑，不同的是一个是讨好，另一个是鄙视，鄙视即使经过掩饰也还是鄙视，都读得懂。

　　最近各色人请他吃饭，他没有干别的，全部的精力都用来留意这些枝节末梢。这个饭店，他不是第一次来，所以并不陌生，茶和菜都是之前见别人点过的，两个人，三个菜一个汤够了，钱是多少他也有数，既不会太贵又不显寒酸。从出了书开始，宁远逐渐喜欢上了这种掌控一切的感觉，即使只是一顿饭。

　　张胜被服务员领到308，他没有直接推门而是像见领导似的调整了一下呼吸才进去。宁远和以前一样在第一时间冲着他笑了，但那笑容已经完全不同于往日，更从容也更淡定，看上去有着说不出的舒服，看久了还会有恍如春风拂面一般的错觉。两个人握手、寒暄，也彼此夸奖了一通，尤其是张胜，拍着宁远的肩膀很夸张地说了好几遍：

"大作家啊，想不到啊，荣幸、荣幸、荣幸。"

宁远微微偏了偏头继续笑着：

"别取笑我就好，最近过得怎么样？还忙吗？"

"老样子，我从来都是老样子，倒是你，最近忙得很吧？"张胜说。

"嗯，还好。"宁远被夸奖后尽管知道这仅仅就是人与人之间走过场般的客套，但因为张胜的身份而且是第一次说，所以心里还是喜悦了一下。给张胜续了一杯茶后问："案子有眉目吗？"

张胜抿了口茶摇摇头说："没有，还是那句话，没有消息可能就是最好的消息。"

宁远点点头，抽出一支烟递了过去，又抽出一根叼在自己嘴里，烟吐出去的时候，整个人也抽离了出去。张胜的眼睛一直停留在他身上，像是面对一堵墙又像是面对一幅画。

抽了几口烟后宁远说："前些天，我梦到云凌了，"他皱了一下眉头继续说，"她一句话也不说，就那么直挺挺站着，眼睛完全不看我，像是面对完全陌生的一个人，对我爱搭不理，后来我伸手去拉她，结果一下子就醒了……也不知道她现在到底在哪儿，在干什么……"宁远的叙述被一阵咳嗽打断，咳完，并不看张胜而是盯着手里的烟继续说："不梦到她的时候我其实会好过一些，真的，我并不想时常梦到她，一梦到会不安，会怕她真的消失了，永远都见不到……"宁远沉浸在对梦境的描述里。张胜只是专注地盯着他看，怕错过任何有用的细节，心里一边还默记着他说的话。

过了很久，宁远才意识到自己有些失态，开始招呼张胜吃饭："来，开始吧咱们，光说话都忘了招呼你吃饭了，对不住啊。"说着帮张胜摆弄餐具。

张胜没有想到宁远会主动和他说起云凌，并且还讲到了梦境，来之前，他想了许多套宁远话的办法，甚至连夜把宁远的书又翻了一遍，他总感觉，宁远才是这个案子的突破口，他不想也不能再把时间浪费下去了。宁远今天的表现是他完全没有设想过的，此刻，如果可以划开肚皮，你完全可以看到张胜心花怒放的样子，他努力平静着自己的思绪，希望自己表情上看起来依旧淡定，他低头吃了会儿面，感觉自己情绪真正平稳了才开始主动提问："想起她会难过吗？应该很美好吧！会写书的人应该都很浪漫。"

宁远抿了一下嘴想起什么似的笑了一下，说：

"怎么说呢？在一起的时候肯定会有许多的好，如果仅仅是分手，我一定会只念着对方的好，可是，云凌突然地消失，说实话，我开始会有怨恨，但是现在不会，现在更多的就是希望她真的是隐身，真的能好。"

"这样你好心安？"张胜知道这样问有多伤人，但也还是要继续下去。

宁远看了他一眼，两个人对视了几秒后说：

"我肯定希望自己心安，没有人希望每天都惴惴不安，惶惶不可终日，人活一辈子，无论是弄钱还是弄权或是弄理想，说到底就是希望自己能安心，你难道不是这样吗？不希望案子早日了结？不希望睡个安稳觉？不盼着安心？就喜欢整日奔波？"

张胜点点头，点头的那个瞬间他没有沉浸在案子里，而是由衷地感觉宁远说得对，但随即迅速变回了自己的身份。看着宁远说：

"我没有什么可不安心的，工作就是办案，这个了结了，还有下一个，下一个了结了，还有下下个，一辈子可能都会这么循环往复，不像你的工作那么有意思。"

宁远突然很认真地盯着张胜："我就是说这个过程，你可以一辈子办案，但总不希望一个案子总悬着吧？"

"看来你并不了解我的工作，其实许多案子最后都悬着，不过，如果涉及命案，一般还是都能破的，国家在这方面给的经费要多一些。"说完张胜盯着宁远，希望看到他所期望的反应。

宁远的目光从他脸上移开，望着天花板说："命案？什么算是命案呢？失踪还是这个人干脆死亡了？"

张胜脸上不易察觉地笑了："都有，而且，我听很多人说你是利用云凌失踪才有了现在的名气，是吗？"

空气瞬间凝结了。然后宁远开始重新看着张胜的脸说：

"我知道，你怀疑我，"他停顿了一下，见张胜挑了一下眉头没有说话，继续说，"很早以前我就知道你怀疑我，而且还想从我这里套一些话出来，你要知道云凌是心理咨询师，我虽然不可能像她一样那么透彻地了解人，但是基本常识我真的懂。"现在轮到宁远看张胜的反应。

张胜呵呵笑了一下，看着宁远说："办案有可能怀疑任何人，这个是再正常不过的事，如果你心里没有任何曲折，何必这么介意呢？"

宁远抬头看着天花板笑了一下咬了咬嘴唇说："张警官，你永远都要把工作拿出来作为你的挡箭牌。其实，很多事大家都心知肚明，你私下从我朋友那儿调查我，你以为我会不知道？我可以明确告诉你，云凌失踪和我没有任何关系，我对于她失踪只能比你更焦躁、更不知情。你真的没有必要把时间浪费在我身上，你知道我为什么今天和你说这么多？因为我已经腻歪了被你猜来猜去，我说我梦到云凌的时候，你满眼的怀疑，我说会安心，你也一样还在套我的话，本来我以为我们可以一起聊一聊云凌，我可以释放一些东西，因为现在已经没有什么人可以和我一起说她了。可是你，一直对我猜来猜去，你觉得我真的就那么木讷，你一直盯着我、审视我，我会一点儿没有感觉？"说完，宁远端起茶一口喝了下去。此刻，他已经没有了初见面的淡定，有的只是如困兽般的焦虑和沮丧。

张胜脸上虽然仍旧带着笑意，但目光却逐渐有了冷意："我就是干这个工作的，怀疑人已经成了一种习惯。说实话，我常常也会怀疑自己，但是，我不明白你为什么会有这么大的反应。你说我不相信你，你自己就那么相信自己？"

宁远腾地站了起来："我再说最后一句：我和云凌失踪没有关系。"

说完穿上衣服径直走了出去。即使很生气，生气到快要失去理智，他仍旧没有忘记付饭钱。

几乎一出门宁远就后悔了，外面的阳光和进来时一样好，甚至还更热烈。他不明白本来好好的一场谈话怎么突然就谈崩了，张胜顶多就是转述一句话而已，靠女人怎么了？靠女人就那么丢人吗？他没有想到自己会对这句话有这么大的反应。或许，他远没有想象中那样了解自己，或许他该去见见书里现在唯一健在的当事人梁鸿雁，问问她，连升真的是死去就找到自己所谓的出口了吗？那么他的出口在哪呢？

第三章

剖开

一

　　大学那几年，云凌并没有像多数跨越过高考那道坎的青年男女一样，把憋在体内的荷尔蒙砰地一下迅速释放出来，而是像治疗抑郁的文拉法辛胶囊一样，缓慢释放着自己。当然，偶尔，她也会变成那些从踏入大学之门就开始四处寻找爱情的男孩儿们的假想猎物。要知道自己只是假想的猎物并不难，首先从时间上：已经过去两个学年了找女朋友碰壁无数又来找她的，多半只是感觉她更好追。其次是眼神，当男孩儿向她表白连一点儿紧张羞涩都没有的时候，她很确定自己就是那个假想的恋爱对象。她的作用无非是让对方安放他那过量的、无处排放的荷尔蒙，如此而已。所以他们镇定，她只有比他们更镇定。那个时候，她并不能确定在爱情里男女持久对峙的结果是什么，但有一点可以肯定——冷静的一方永远可以占上风。

　　男孩儿在她的冷静里最后通常会变得不再那么冷静。有一个体育系的男孩儿后来竟然因为迷恋她的冷静开始真的追求她，毕业的前一晚，他找到她，没有等她说话就开始狂吻：湿热、汹涌、来不及抗拒也来不及思考，他直接触摸的竟然不是她的胸，而是身体和大脑的最深处连接的那个点，那个点一碰，云凌感觉身体里积压的某种东西一下子倾泻而出。后来，她的回应远远比来者还要汹涌还要渴望还要疯狂，那个夜晚，随着多巴胺一再攀升，他们在一个并不偏僻的暗影处完成了体液的交换。他不停地说话，她听着，即使是胡言乱语，也带着美妙的音符，他们通过不断重复的简单动作，来熟悉彼此的身体，同时也了解着自己。昏暗的夜色像是最好的装饰，也像是最好的礼物。没有了白天刺眼的光照，人用于行走的皮囊连同内心突然就没有了艰涩，仿佛没有了光的阻碍一切才可以变得顺滑无比同时也畅通无阻。一直到很晚，一直到可以依稀看见第二天的曙光他们才逃回宿舍。临走，男孩儿说："等我，明天等我。"

那一刻男孩儿的眼睛深得像一潭湖水，仿佛只有吞没云凌才能继续踏上明日的归途，云凌看着男孩儿，用手摸了一下他的脸，耳语般地说："记住我，一定要记住我。"

第二天，不到十二点云凌办完了一切手续，然后像逃一样离开了学校。她虽然不是最好的学生，但是所学的内容也都了然于心。关于爱情究竟是怎样的东西，书本解剖得已经很清晰，何况他们还远远不是爱情只是激情，只是不断泛滥的荷尔蒙偶尔找到了一个出口，这种出口或许还可以有很多。

爱尚且不会长久，何况激情。尽管多数时候大家总习惯性以为大脑可以控制身体，以为大脑无所不能，以为它是一切的主宰，其实，真实的情形是：身体永远会比大脑早一步，它有它的承受、它的亢奋、它的难过、它的主动，同样也有它的妥协、它的狡黠。而这一切远不是大脑可以随意左右的。它仅仅因为无法一直承受多巴胺的强烈分泌、爱的刺激，就会传递信息使大脑产生疲倦感，所以大脑只好让那些化学成分自然新陈代谢，而这样的过程也许很快，也许很慢，但最多也就持续三四年的样子。随着多巴胺的减少和消失，人不再狂热，一切归于平淡，或者干脆分道扬镳。这就是所谓爱情。

那么多人没有因为多巴胺的减少而选择分手，并非大家嘴里说的像责任、亲情、誓言、承诺这些闪闪发光的词汇，更多的是惯性，是疲惫过后的惯性罢了。但多数时候我们还是更愿意相信作为一个人长久需要的绝不是电光火石一样的激情，而是沉淀在爱情之后的温情。其实，就像母亲所说的，父亲死了，并不是没有可以替代的人。如果没有父亲留下的那三万块钱她也会很快再找个归宿，找个养家糊口的人，而不会几十年一直漂着。

人首先选择的永远是现实，或者说大脑首先选择的永远是现实，而身体总会在某个时刻背离我们。

唯一令她不解甚至佩服的是，一直不相信爱情的母亲可以花费人生那么多的时间去寻找、去等待爱情，母亲仿佛是一个不相信有金子却时刻在淘金的人一样，不知道该说有信念还是愚执。反正云凌做不到，既然没有金子，她就不想再用力挖掘，只要不挖掘也就避免了一次次的尘埃洗礼。

在那晚之前她想得很通透，一切的人和事如果没有交集也就没有失望。四年的时间里，除了上课就是找碟片看，她的电脑里下载的爱情片从情色到唯美一样不缺，那样的人生是她有限的人生经验所认为的最安全的人生。她没有想到，只是浅浅一碰，她的世界的外壳就会哗地碎掉，她规划了四年，而那个男孩儿只需要一个亲吻就让一切坍塌了。

她不能确定自己逃离的真正理由，学了四年心理学她已经不可控制地会用潜意识来研究别人也研究自己。她不能确定自己所谓的逃离是因为害怕面对激情退却后的伤感，还是根本就没有信心去把握一切。那么没有信心又是来自哪里？仅仅因为自己长相平平？她那么用力地说"记住我"，是的，最强烈的感觉是——她希望他可以记住她，可以在以后的人生里把她放在一个特殊的位置，就像她希望母亲可以把父亲安放在一个特别的地方一样。不会像他们毕业前大声朗读的口号一样："当多巴胺风起云涌的时候，我们狂热地爱与被爱着，尽情享受爱的甜蜜；当多巴胺风平浪静的时候，我们坦然处之，仍然为爱奉献与努力，不离不弃。"坦然处之是怎样的境界云凌无法想象，在她的人生里只知道，一切太用力的东西都是可疑的，包括十八岁那晚她努力听完母亲的陈述，因为努力所以她的不耐烦显而易见。如果足够快乐，时间流逝的速度完全可以用光滑来形容，绝对不需要容忍，一旦容忍也就说明了未必快乐。

那晚和男孩儿在一起，时间像是溜在冰上，快得不但无法看清甚至无法回忆，只有温热、湿润。那晚更像某个电影片段，在后来云凌的想象里反复出现，但是她永远无法像对别的记忆那样进行添加、篡改，她不知道是因为太过短暂所以美丽到无以复加，还是因为没有之前的印象亦没有随后的流逝，有的只是封闭的一小段时间，所以也就无以复加，她更不知道他是否会像她希望的那样，认为她特别，所以会把她安放在一个特殊的角落。唯一能确定的是，他们永远不用经历容忍、经历失望，也就避免了面对残渣时需要拥有的坦然处之。

很多年后，她也想过，如果他一定要找她，即使她逃离般先走了，只要努力找应该可以找得到她。

她开始换个角度回想那段记忆的时候，时间已经过去了四年。咨询室也终于在第二年夏天来临前安上了空调。

前一年的整个夏天，当她的来访者喋喋不休地叙述陈年旧事的时候，摆在来访者旁边的电风扇就那么一直摆来摆去，对于来访者尽管不会有悲悯和探究的心情，但也不至于厌烦，毕竟受过专业训练，而且对于她来说这就是份工作，工作需要的是尽责而不是感情。但是，那个夏天她却受不了电风扇的摇摆，而且是那种固定路径的摇摆，电风扇头转过来转过去，点一下再点一下，不多一秒也不少一秒。她发现来访者反而并没有像她这样的焦虑，他们的注意力都在她身上。电风扇仿佛像咨询室的桌子、椅子、墙面一样可以和整个咨询室融为一体。而她每次看着它摇摆，过半小时后就会有一种想冲过去抽它一顿的冲动。她知道自己的想法很可笑，尽量控制着自己焦虑的情绪，但整个夏天还是被扰得心烦意乱。所以没有来访者光顾的下午，即使再热她也不会开电风扇，她甚至想在夏天结束的时候把电风扇直接从二楼扔下去。当然，一切只是想想而已，她没有那样做。

作为一个心理咨询师，她知道情绪的管理对于她们这个职业来说有多重要，任何一次情绪的公开崩溃都有可能葬送整个职业生涯。所以一切的一切只能在脑子里完成，从雏形到成形到碎片自我生成再自我消化，仅此而已。她甚至不如她的那些来访者，他们至少可以向她倾诉，说自己有这样那样的经历，曾经想过要这样要那样。

其实她也知道自己怎么能和他们比呢？很多时候不得不说钱是个好东西，至少它可以让你短暂安稳，哪怕只是释放情绪，这个世界上有时连倾诉都是奢侈的。向她倾诉，她付出的是时间、是专业的知识，而他们付出的是钱币，用以物易物的理论来说，很难说谁帮助了谁，谁又成全了谁。

夏天过后，电风扇像以往一样被搁置在咨询室靠窗户拐角的地方，因为电风扇比她来这个咨询室的时间要长，所以尽管她不喜欢，尽管看着闹心，却仍旧遵循了一条在咨询室谁都不说却早就不成文的规定——任何人、任何物都是有先来后到的。而且既定的或是摆好的位置如果没有特殊的原因，谁都不会去轻易更改。因为大家都是干这一行的，很容易通过一些细微的小事揣测出你真实的心理。任何的释放如果不够安全，云凌宁可选择搁置，因为事后一系列的揣测会让你更加不安。

上班两年云凌已经开始逐渐按着大家的规则行事、度日，也许不够自由，但看着周围每个人都这样生活这样习惯着，云凌的心也日趋平静，但只是平静，她明白那不是安稳。

安上空调的第二天，她的老板林金生在第一时间把电风扇拿回了家。林金生长了一张油腻腻的脸，身体也略显笨重，但做事却很干练，只要够细心从他的眼神里可以很容易读到精明甚至是狡黠。

云凌曾经深入地琢磨过人的长相，很奇怪，听人常说的貌如其人的例子少之又少，反而多数的人都长了一张和内心极不相符的脸。看着外貌平淡往往掩藏着深刻的激情；看着宽大、肥腻的身躯包裹着的是一颗精细敏感的灵魂。有的看起来美艳至极、风情万种，内心却如同死灰，无爱亦无恨，而那些看似平庸老实的长相里很多时候亦藏了太多不堪和污浊。仿佛上天是故意为了某种平衡而设置一般。就像林老板，如果没有那样肥壮的身躯，他的精明永远一目了然，那该是多令人担心甚至讨厌的一件事。

　　有了身躯的包裹、遮掩，一切都顺滑了许多。就像自己，或许因为热情本质上只是如同被水滴包裹着，一碰就会破，所以才要时刻露出一副冷静、淡定的面孔，否则，热情随处四溢的局面同样是令人担心的。同事形容云凌总说她柔和、淡定，对来访者耐心，却可以丝毫不掺杂任何私人情感。还说，想象不出她这样的人谈恋爱会是怎样一副模样。

　　云凌听到同事这样说，总是抿嘴笑一笑，很多年前，从和母亲谈父亲无果的那个夜晚起，云凌已经对谈话、思考、解释以及共鸣之类形而上的东西望而却步，能懂最好，不懂也罢，总之不会更多地去解释。因为她太了解人与人感兴趣的点能碰上的概率真的是小之又小，更多的时候，解释只是为了让自己心安，但是，一旦开启了解释的模式，心也就永远不会安宁。你会开始期待对方的回应，人世间的事情一旦需要回应、需要交集就会陷入无穷无尽的扯皮里……那是一场持久战，比的不是对错而是谁更有耐心。

二

第二次相遇的饭局上云凌从宁远的眼神里看到了如同她来访者般的目光：有惊奇、信任、依恋也有一点点的崇拜，尽管他们并没有做过多的交流，只是最普通的寒暄，但云凌知道他会再次约自己。

之后的一个星期每到快下班有电话铃响，云凌下意识都会以为是宁远，可是不是。宁远像是她偶然做的那些梦一样，随着天亮而变得无影无踪。其实最初的等待更像是一种打赌，她只是希望可以证实自己的判断，至于对方是谁并不重要。

穿着牛仔裤的宁远普通得像这个城市马路上任何一个疲于奔命的年轻人一样，喝酒后脸上会乍现出平日里完全没有的光芒和豪情，唯一与他们不同的只是他看自己的目光。

本来在她有限的印象里宁远并没有什么特别，但随着时间的推移，当电话并没有如期响起的时候，云凌开始仔细琢磨宁远这个人。她系统地回忆了饭局上他所有的表现，他说过的话，他看她的眼神，她不明白自己的判断怎么会出错，难道那样的眼神会是随便的一瞥？如果是自己感情的干扰而导致判断出现偏差她不会奇怪，但她当时完全就是冷眼旁观的，那判断里只有职业的敏感并不含半点男女之情。

无论怎样，这件事都带给了她挫败感，甚至打击了她的职业敏感，"自作多情"并非一个贬义词，但是和心理咨询师挂起钩，还是让她难过。所以，几个月后的一天宁远出现在咨询室，她的表情和心情一样都淡定极了。过了等待的焦虑和懊恼期后，宁远又重新变成了陌生人。

这个春天和以往一样，等各种花都开过的时候街上飘满了漫天的柳絮，随着柳絮的到来天气不再忽冷忽热，而是有了一步就要迈入夏天的迹象。

云凌不喜欢春天，从来都不喜欢。除了对柳絮过敏，她也厌烦那些簇拥着都要开放的花儿。她不明白，它们为什么不能匀在四季慢慢开，而要一股脑儿地在春天到来之际争着绽放，仿佛为了证明什么似的。

大学毕业后她没有留在那个已经停留了四年的城市，而是回到了离母亲只有一个小时路程的A市。毕业前面对母亲好几次有意无意的说教，她都装作满不在乎。母亲说，你要是留在外面也好，那我也过去。

带着试探也带着询问，又说，要不你就回来，龙城虽然小，但是找份工作应该并不难，何况我们还有一些钱，如果你愿意也可以做生意。随着她日益长大、日益冷静，母亲和她的对话也变得日益客气，尤其在一些大事儿上，母亲总是会赔着小心。她不知道从什么时候起她们的谈话变成了这样的格局，虽然不喜欢母亲唠叨但是和客气比起来，那些至少是她曾经习惯的场景。但一切从来就不以她的意志为转移，总是说改变就改变了。

每个假期回家，她总有回到别处的感觉。上街，她会懂事地挎着母亲的胳膊，但是不能拉手，一碰母亲的手就有一种异样的感觉，很别扭，她不是讨厌，是别扭，是一种无法言说的别扭。母亲有时候会抚摸她的头发，一样，也让她觉得别扭，似乎脱离母体后，随着时间的推移，她们再难像她小时候那样亲密无间，尤其是肉体上的亲密。其实，对母亲，她是在乎的，否则也不会来到A城，对她的专业而言，城市越大发展的空间也会越大。但和同学比起来，她还是幸运了许多，至少避免了在亲情和爱情间做选择。除了母亲，在这个世界上她也的确没有任何可以牵挂的人。

她的同学们，因为沉浸在恋爱缠绵里，想着要永远在一起而费心商量到底要一起留在哪里。是否真的在一起并不重要，人生最辛苦的是牵扯，一旦有了要在一起的心情，就开始在亲人和爱侣之间左右摇摆。摇摆的除了情爱还有现实。后来云凌发现最终占上风的无论是爱情还是现实都不过是碰运气而已，一切只看那刻、那时的心情。

以她的冷眼旁观无论选择了什么都难逃"后悔"两个字：选择爱情的有一天会为了爱情的争吵而心灰意懒。选择亲情的呢？终身都会在怀念美好中凭吊逝去的爱情。而她，完全不存在比他们更理智这么一说，只是，她的荷尔蒙被剖开得太晚，晚到没有时间依靠缠绵来等待发酵、晚到只能逃离。唯一奇怪的是她竟然没有像那些永远都解释不清的偶像剧一样怀孕，偶尔她也会幻想——如果怀孕的话那样至少可以延伸出一个故事，或是一段佳话，或是狗血剧情。可是没有，什么都没有，那晚的一切随着阳光普照、随着早晨的来临和黑夜一样彻底消失了，如同一个梦境。但即使这样，她也还是没有彻底留在母亲身边，哪怕只是一个小时的路程，它也必须存在，似乎只有一定的距离才能把她们拉得更近。每两周她会回趟母亲那儿，住一夜，吃顿母亲做的饭，同时也会陪着母亲看一些肥皂剧，母亲总是和她很认真地聊里面一波三折的剧情，她有时会聊几句，有时候干脆只是笑一笑，母亲已经很久没有和她提过关于男人的话题，但她知道母亲一定有，只是避开了她回来的这两天而已，母亲不说，她就不问。

时间除了可以带给人隔阂同样也可以带给人默契。

三

宁远出现在咨询室距离他们上一次见面已经过去了三四个月，这期间他在云凌的大脑中已经过了多次水洗、日晒到最终搁置，云凌第一眼甚至没有立刻认出来。他看着云凌说，"你不认识我了吗？"

只是过了一瞬间，记忆的片段就开始快速重组在了一起。云凌把手插在白大褂口袋里笑着问："有事儿？"

宁远指指旁边的男人说："一个朋友，最近郁闷得很，你给开导开导。"说着把云凌向身旁的男人介绍道，"这就是我一直和你提到的著名心理咨询师……丁云凌。"

听到自己的名字从对面男人嘴里流利完整地说出来，云凌心底还是荡起了愉悦的小水花，一些已经消失走远的情绪开始陆续咕嘟咕嘟冒泡。那天，破例三个人一起进了咨询室，云凌对接待说是两个朋友，需要一起治疗才有效果。真实原因是：她急于要把自己最擅长的那一面——安静而淡定地对来访者进行疏导那一面展示给宁远看。至于那刻确切的心理，云凌很难描摹清楚，有之前自己对宁远没来由的判断，或许也有面对年轻男子仿佛雄孔雀开屏般本能的炫耀。云凌甚至庆幸早上洗了头发，本来因为来例假还犹豫着要等晚上洗，可是临出门还是洗了，脸也一扫来例假前的肿胀、晦暗，总之，一切都刚刚好。在她状态最好的时候，或者说她自我感觉状态最好的时候，碰巧他来了。

后来，云凌问宁远："为什么会想到要带小军来咨询室？"

宁远嘿嘿笑着："那还能带谁？"

一面说，一面把手搭在云凌腰上开始肆意游走。

最初认识的那段时间里，他们之间任何谈话最后都会落到身体这样一个最实际的载体上。后来随着时间的推移两个人在缠绵身体之余，开始回忆最初相识的点滴。像所有情侣一样他们纠缠于谁更早倾心于自己。有时候彼此都会说是自己，有时候会说是对方先有了暗示。同样地也会问在之前经历了多少男女。凌云本来脱口想说一个，话都到嘴边了却被宁远抢了先，听到宁远说只一个的时候，云凌突然有些想笑，原本要说的话生硬地咽了回去。

见她抿着嘴微微上翘着，宁远试着问："一个？两个？三个？四个……"当问到五个见云凌仍是笑着，宁远把云凌顶到墙上开始发狠，最后不知道是被咬破了还是牙齿磕的，血从云凌嘴角流了下来，宁远又开始舔吸那些血。

那晚比之前任何时候都要疯狂、用力，直到虚脱，即使虚脱了仍旧说着漫无边际的情话，什么只有彼此、只剩彼此之类老套又落俗的情话。如果那刻真的碰巧世界末日，云凌相信她将会遭遇这世上最感人的一幕，他们会像所有那些戛然而止的经典爱情片一样，除了美好还是美好，也会像橱窗里打着灯的摆设蛋糕般看起来永远松软可口。可惜的是时间很少能在最好的时候停留，不是还没走到就是已经走过了。

过了一夜，早晨的阳光只是轻轻一扫就迅速把昨天的末日情意消解了大半，临出门宁远象征性亲了亲云凌的面颊说："没睡好吧？今晚你自己好好睡。"

说完转身离去，没有回望亦没有迟疑。

刚在一起时，出了门宁远总是不断回头，云凌会站在窗前望着，即使看不到宁远的眼神她都能感觉到如丝线般的缠绕。最初宁远也会说和她在一起才能睡个好觉，会整晚一直搂着她。后来，宁远偶尔会说她的床有点小，会以第二天采写稿子为由在做完爱后回自己的住处休息。她时常会觉得自己不过是宁远的一枚药片，可以缓解失眠、可以放松神经，当然如果没有以上症状也可以怡情。

其实她自己也更喜欢一个人睡，和宁远在一起，早晨总是担心自己有口气，所以会早早起床刷牙、洗脸。认识快一年了她仍不能接受自己在宁远面前蓬头垢面的样子，尽管是她自己不习惯这样，却还是希望从宁远嘴里听到接受、不介意之类的话。她曾试探地问过宁远会不会厌弃自己蓬头垢面的样子，宁远先是盯着她看，似乎要从她脸上判断问话的重要性。

经过几个月的相处，宁远已经对女人的反复无常有了更深刻的体会，云凌当然不是他第一个女人，也不是第二个，之所以说只有过一个，是因为他太了解女人的特性了——女人一旦对男人生出了关注的心，就开始陷入一种永远刨根问底的情绪中，什么从前啊、过去啊，问了又问，核对了又核对。还常常会在你最不经意的时候给你刨坑，不断证实然后不停推翻。在论证这方面女人似乎天生就有着超乎男人的兴趣，会乐此不疲。他还从未见女人因此而感觉到累的。

为了安全他总和女人说，之前只有过一个，因为完全没过女人似乎说不过去，"一个"既有了故事的开头又避免了解释过往。像他这样的年纪只有过一个只能说明他专情，真实的情形是他有过七任亲密的女友，没有他说的那么少，但也绝不像云凌设想的那么多，而且多数已经随着岁月而面目模糊，存留在有限记忆里的只有他们翻转瞬间，女人或大或小抖动着的乳房，和做完爱后无休止的询问，以及莫名其妙的脾气。

这么长时间住在一起，云凌还是第一个，所以对云凌他是在乎的。起初宁远总以为云凌比他要淡定，因为云凌并不同于他认识的那些女人。虽然也会问起他的过往，但那种时候似乎更不冷静的是他。时间久了宁远才发现女人终归是女人，只是表现的方式不同而已。云凌一样会生气，只是生气的时候不是哭闹，是懒于说话，只会疏离地看着他，眼神陌生到冰冷。有很长一段时间里宁远不知道该怎样应付这种局面，女人哭闹，他知道总是要哄的，但是面对女人冷眼旁观他完全不知道能做什么，她甚至不和他多说话，只是客气地让他走，那样冷漠的眼神常会让他生出很多挫败感。

后来，当云凌再问一些看起来比较反常的问题时，他会第一时间提高警惕，会盯着她的脸看，而不是急着回答。云凌见他不说话又问，他开始摸她的脸，斟酌着字句说："怎么会呢，不会，你……什么样我都喜欢，再邋遢我都喜欢。"

说完又亲了亲云凌的脸，他以为这样的回答是圆满的，于是开始自顾自看电视等着吃饭。吃完饭像以往一样抚摸云凌的时候才感觉出了不对劲，云凌虽然没有明确推开却完全没有了往日的迎合。他问，怎么了？云凌只是摇摇头说，累了，想睡了。一再推托下宁远的情绪也很快变得烦躁。回到家很久宁远都在想自己究竟是哪里回答错了，难道该说不喜欢？不喜欢她邋遢的样子？

宁远走后云凌看了镜子很久。看见乌青的下眼圈让她本来就低落的情绪再一次下滑。她不明白宁远为什么会是那样的语气，带了太多勉强，似乎看着她只剩下勉强。如果他再多情些、深情些那么说什么或许她都会开心，或者干脆夸奖说，她不会邋遢，因为他从来没有见过她邋遢。为什么他说的是再邋遢都喜欢？看来他是迟疑的、犹豫的。那么牵强，何必呢？

云凌不希望自己的人生还没有开始就像她接待过的那些困在婚姻里的来访者一样直接抵达疲惫的终点。第二天，宁远再打来电话，她始终客气着。宁远明白客气代表着疏离，所以一下班就来找她，宁远的笑里满满的都是讨好，眼神变得一刻也不离开云凌，就像初次来咨询室的那个下午一样。

那天，无论云凌和小军聊什么他的眼睛始终都盯着她，让云凌有种自己是一道风景的错觉。在一起后，除非自己生气，云凌很少再看到他这样看自己。云凌不明白究竟男人本身就具备这样的属性还是宁远是这样，只善于解决他认为紧急的问题，当女人还未追到手或者突然出现问题时，才会第一时间跑过来解决。但也仅限于解决，问题一旦解决，他又变回无所谓的样子，似乎有她没她无所谓；情话更是完全取决于他的心情，有心情的时候上床变成了温存，没什么心情的时候上床不过是简单的体液交换。

和宁远在一起的多数时间里凌云都是茫然的，不停地分析判断然后不停地来回摇摆，他反而成了她最不了解的人。

宁远的心情一般随着外面世界的波动而波动。而云凌，永远只随宁远而波动。

四

周末母亲像以往一样洗完碗招呼云凌看电视，然后一边看着电视一边找话闲聊。母亲说，你脸色不好。母亲有时会这样说，遇上头一天恰巧没睡好觉，她会趁上厕所的时候多照一会儿镜子，遇上睡眠充足的一天，她会感觉母亲在没话找话。母亲偶尔也会问一句，最近没人给你介绍对象吗？问话的时候母亲一般会装模作样地干一些活计，只用眼角的余光瞄她，从而让问话显得很不经意。和母亲一样，尽管对其中的用意心知肚明，云凌仍会假装看着电视面无表情地回答，没有。除了这些，她们之间并没有别的更有意义的谈话，最正式的谈话始于十八岁生日那晚，也止于那晚，即使事后向红不断提起，但是对于云凌来说，过往就是过去了不再来往。

睡觉的床保留了她上大学前的样子，床上堆砌着面目已经有些模糊的毛绒玩具。每回洗床单向红会把它们也一起洗一遍。曾经有几次她们都试图舍弃掉那些玩具，但结果都因为云凌的无法入睡而重新归位。后来，大家也就像习惯彼此一样习惯了它们的存在。

房间的格局也是父亲去世前的老样子。两个卧室朝南，客厅朝北，厨房被挪到了封了玻璃窗的阳台上，原来的厨房空出来做了餐厅。只有客厅在十年前粉刷房子的时候新加了石膏吊顶：四个形态各异、小巧滚圆的天使趴在客厅屋顶四个角上，周边是像麦穗一样的东西围了一圈。最初，只能看见石膏很白，石膏雕刻上的细节并不明显，但随着时间的推移，即使每年母亲都会拿绑在棍子上的鸡毛掸子挨个掸一遍，石膏也还是开始发灰。累积的灰尘随着石膏的起伏而起伏，后来层层叠叠地干脆有了自己的明暗和光影，图案倒比先前要立体许多。母亲不止一次说要重新装修，自从她毕业后，重新装修和嫁女突然等同了起来，因为母亲的观念里，女儿嫁人房子是一定要刷新的，所以，母亲有时候问法也会改变，会问：

咱们家什么时候装修啊?

对母亲真正的了解开始于和宁远相识之后。在那之前母亲仅仅是母亲,和女人并不搭界。现在,有了和宁远的种种纠缠,才明白过去在她眼里有些荒唐幼稚的母亲,不过是个和她一样盲目追求爱情的女人罢了。不同的是母亲天生健忘,无论好坏,只要时间够久,任何事都可以烟消云散。十八岁生日那晚的谈话在母亲后来的反复叙述里已经没有了对男人的任何恨意,剩下的只有她精心准备生日的那份心情和无穷无尽的体会。而内容则随着时间的流逝一起流逝着,眼看着日渐稀少,这样的性格带来的唯一好处是——她所有情绪绝不会无端延伸。不延伸也就意味着一切变得简单了许多,这或许就是母亲能一边说着怨恨却还一次次爱下去的理由。而她,很不幸地遗传了母亲某部分狂热的基因,因而在感情里很难控制自己不投入进去,却又完全不可能做到像母亲一样适当遗忘,所以她注定不会像母亲一样轻松前行。

叫"午后"的女人们

　　最近的一个女来访者引起了云凌的关注。从她第一次进咨询室就表现得和别人完全不一样：她不但自己主动关上了门，而且带着明确的笑意，那种笑意完全不是一个来访者该有的。那里面有一点云凌可以确定的就是：来的人从主观上并不打算从她这里获得任何帮助。而一般的来访者，无论是亲属带来的，还是自己主动找来的，都会对疗效充满期待，有时恨不得把谈话的分分秒秒都换成疗效，因为那些分秒都是钱换来的，以物易物自然应该有所期待。来咨询室这么久她还从来没有见过如此淡定的笑容，女人坐下后笑意仍旧弥漫着，和她对视一下才开口说：

　　"我不想说我的真实姓名，就叫我'午后'吧，不是因为不信任你，而是这样我会更放松。"

　　女人的声音很好听，如果不是在咨询室里，云凌相信自己会仅仅因为这声音而和她做朋友。听到她这么说，云凌也笑着微微点了一下头。叫"午后"的女人继续说：

　　"我去过好几个咨询室，但是一看医师照片就走了，我不知道你相信不相信，人很多时候是要看眼缘的。"云凌点了一下头用眼神表示赞同，遇到不需要引导的来访者云凌的话一般不会很多。

　　"然后，我看到了你的照片，突然就感觉很安静、很舒服，所以……"女人摊开双手耸耸肩继续说，"我只是想和你聊聊天，只是聊天，不需要开药给我，只要听我聊天就可以……"

叫"午后"的女人开始讲自己经历的时候停止了微笑，后来又眯着眼睛看着窗外，仿佛窗外可以依稀看到她的过往。后来她讲到了曾经的一次自杀，云凌的脸上表情没有任何变化只是快速眨了几下眼，对面的女人停顿了几秒露出了笑意说："不要紧张，一切早就过去了。"

云凌第一次被来访者这样安慰，而且话语腔调完全是她常用的，说实话她不习惯，但她仍旧没有说话只是礼貌地笑了一下，一边在记录本上写一些东西。叫"午后"的女人拿起桌子上的矿泉水喝了几口继续说了下去：

"那之前，我也曾经不止一次想过要结束自己，但是真正付诸行动的只有那一次。我提前给他写好了遗书，然后开始想到底在哪里用哪种方式结束一切，仔细想这些的时候，我发现自己开始陷入了紧张和焦虑。那之前，对于死亡的想象多少有些美妙的成分，死亡仿佛是解决问题的另一种方式，而且，死亡也可以令一切永恒。你知道所有的电影里都不缺乏这样的描写，无论是爱情还是亲情都会因为一个人的逝去而变得让人留恋，因为留恋而让一切回忆犹如加了柔光般触感光滑。可是，现在想来，那一切是拍出来的，真的要面对死亡，你挥之不去的除了恐惧还是恐惧，因为那个世界只有你抬脚要迈过去的时候才会发现你对它一无所知，会担心一脚落下去真的会有地狱和轮回。一切就是这样可笑，不面对的时候振振有词，一面对就开始慌张退缩。于是，我只能给自己定了一个期限，希望自己可以在期限到来之前解决掉自己。那天还是到来了，我拿着预先买好的刀片，到了我们曾经住过的房子。然后又开始给自己定当天的一个期限，我给自己定了下午三点，那之前，我就在房间里来回走，客厅、卧室、卫生间。最后我选择了在卫生间结束自己，你知道为什么吗？"云凌摇摇头，其实她明白她甚至都不用摇头，因为这种提问一般都不需要回答，但为了配合她还是摇了头。

果然，"午后"问话的时候虽然看着她，目光却落在了她的身后，然后快速吸了一口气看着天花板："因为我想，如果我死了，他应该还会找个人结婚吧，卫生间更好清理一些，如果愿意可以很短的时间就把地砖和壁砖全部换掉，而卧室要换会麻烦得多，很理智是吧？我都没有想到自己会那么理智，既然理智又为什么要死呢？可能真的就是累了，活着并没有那么糟糕，但是真的看不到任何希望，死就是条出路，这个我是明白的，可是到了最后那一瞬，我还是想过要退却。最后那个时刻，望着镜子里的自己我开始哭，镜子里的人随着我的哭泣而抖动、再抖动。再后来，我听到了自己定的闹钟，我听到自己大喊了一声，是很遥远的喊叫，嗓子完全破掉的喊声。随着喊声我用力划了下去，血溅出来的时候，如释重负，就像所有事情一样，万事开头难，死也是，一旦开始了也就顺利了许多。后来看着血在地上流，之前的留恋、恐惧、思想、痛觉、一切的一切竟然也被血裹挟着一起流走了……

"当然，后来没死，被救了，他说，打遍了所有朋友的电话，来新家只是碰运气，本来都打算走了，临走要上厕所才看到躺在地上的我。

被救过来的时候，医生说，这个人一定是真不想活了，割那么深，差一点血管就全断掉了，如果血管缩进手臂里，那样要划开手臂才能接上，伤口会大些。医生是这么说的，而真实的情形是因为过度的恐惧导致划了那么深，医生当时还建议找心理医生介入。活过来，我并没有感觉到庆幸，真的没有，好不容易才迈出了那一步，花了那么多时间下了那么大力气竟然没死成，这多少有些尴尬。大夫担心我再次自杀，总是让医院的心理医生开导我，这个十分可笑，我怎么会在医院里这么多人都守着的情况下自杀呢？那岂不是还要面对第二次尴尬？真的是把死亡当作出口而不是要挟的手段或借口，真的不会虚张声势，而且完全没有可能在大庭广众之下，连吆喝带喊叫的，那样做的人我相信更多的只是想要吓唬人。当然，几年后，我仔细回想我自杀当天，如果我一进门就自杀的话，那一定不会救活，之所以活过来还是因为之前磨蹭犹豫的时间太长了。因为大夫说，再晚去医院半小时人就没救了。为什么磨蹭呢？除了恐惧，或许也有留恋的成分，所以，我不能笑话那些拿自杀当借口的人，因为对于死我也不够决绝、不够肯定。真抱歉，和你说这些，其实一切已经过去了。"

"午后"在叙述整个自杀的过程中一直面色平和、语调平缓，说完又开始望着窗外，过去五分钟仍没有要说话的意思，云凌用很缓慢的声音说："要不要休息一下？"

"午后"抿着嘴唇露出了进门时一样的微笑，目光也从窗外转到云凌身上。问："每次给来访者做治疗都会放一样的曲子？"

"不一定，有时也问来访者喜欢什么样的音乐，一般都是比较轻柔的曲子，这样容易放松。"

说完云凌也露出了微笑，笑的时候她突然惊觉自己有着和"午后"很相似的笑容，都是抿着嘴。难怪"午后"笑的时候她会有熟悉的感觉。"午后"继续微笑着，云凌却有些脊背发凉。

"午后"用手捻着瓶盖儿："尽管是同一首曲子，但不同的人演奏效果还是不一样，都加进去了一些属于他们自己的东西。轩尼诗的似乎更适合我，我觉得没有挑错人，我们的口味真的很像，如果你不是很累的话，我今天想把故事讲完，可以吗？"如果是在平时听到要加时云凌一定开心死了，但是，面对这样一个看似正常，其实却曲折并且和自己有些相似的人，她心里有些发毛，但还是点了点头。后来她还想，这算职业病吗？算是习惯性接受？当时，她不但起身开了灯，还尽职地从箱子里又拿了一瓶水递过去。

"其实，我最想说的并不是自杀这一段，我属于比较理智的那种人，一些事过去就当它真的过去了，至少在心里会给自己画一个界线。生活如果没有截止那就只能继续。那之后，我开始很认真地生活，认真做饭、睡觉，认真带孩子，我努力描摹、加粗着自己与现实的那根线，因为只有这样我才知道自己是重要的，仿佛和尘世间能钩挂的只有那根线。而在这之前，牵扯我的除了孩子还有我的母亲，但是自杀之后，不是说她们不重要了，而是心里的一些根深蒂固的东西随着流出的血液一起流走了，我似乎可以清晰地感觉到她们没有我依然可以活得很好。我的离去或许会给她们造成一定的阴影，但是，人生很奇怪，犹如人的周身骨骼，即使有一块磨损了、缺失了，但骨架终究会长全。它会像所有苦难一样，在时间的慢慢流逝下，与整个生命融合。也就是说，其实，一个人的离去对于别人并没有自己想象的那么重要。当我终于明白这一点的时候，特别难过，那种难过甚至超过了自杀之前的难过……"

云凌终于看到"午后"叹了一口气，她的大脑开始飞速过滤"午后"说过的话，从头到尾都没有说自杀的真正原因，语调不但平稳甚至是光滑，如果不是事先准备过很多次那就一定有虚构之嫌。从"午后"的衣着、包包、谈吐几乎可以断定她过着很优越的生活。但是过得再优越花这么多钱只为虚构一个故事？这理由似乎有些牵强。

"午后"停顿片刻后继续说：

"我知道，其实没有经历过谁都很难想象那种难过，来这里不是为了寻求什么帮助，只是需要倾听。所以，你真的不需要把时间花在琢磨我上面，至少不用分析我，我说过的，听着就好。"被人猜中心思，而且是在咨询室里，还是一个来访者，无论她看起来多么正常，毕竟还是来访者。云凌的脸色瞬间变得很难看，刚要说话，对面的女人先开口了：

"我没有别的意思，我只是一个小小的请求而已，希望你可以忽略我是你的来访者，我其实更希望是你的朋友。"她就是这样总能准确地捕捉到云凌微弱的情绪，而且善于化解。很快云凌认识到自己的失态，开始挂上一副职业化的微笑说：

"当然尊重您的意思，我从来都会尊重来访者的意愿。""午后"突然笑了，云凌感到莫名其妙，但是又不能问，于是她低下头开始看记录本。

"真的是对不起，我完全没有挑战你的权威的意思，你真的和我很像，连自尊心都一模一样，面对你，我像是面对不久前的自己，或者是不太冷静时的自己。能读懂你，只是因为我们相像；其实，完全不必那么在意，真的，对于任何人、任何事完全不必那么在意……"

那天最后的谈话就是这样，"午后"显得越来越从容，经过一下午的叙述她整个人如同上了油打了蜡光滑无比，咨询室的情形无论被谁看到都会以为是她给云凌做了一次心理辅导，她走后，云凌一直坐着，直到有人喊要关楼门了才关灯下楼。

晚上，洗完澡擦头发的时候云凌看到了镜子里自己的脸，镜子上的水汽只擦出了一个圆圈儿，刚好能放下脸还有脖子。她试着笑了一下，果然，她们笑起来是很像，尽管她们有着完全不同的长相：她的五官像是用水稀释过，薄而淡，因此显得很轻巧；而"午后"从眼睛到嘴唇包括身体都像用酒泡过一样，即使穿着白衬衣都掩饰不住浓郁四溢，可是很奇怪，只要一笑，她们就立刻变得很相像，像是加了相同的滤光镜瞬间成了一个色调。

云凌不清楚这是为什么，她又往镜子跟前凑了凑，视线集中在鼻子上，那里有一个痘痘，已经三天了仍旧硬硬的没有成熟；刚洗过的脸上泛着平日里少有的红润，因为红润皮肤显得紧致了许多，现在她已经完全能够体会当年母亲反复照镜子的心情。每当镜子里的人光鲜、饱满一些，镜子外的人也会跟着鲜活起来。反之，则会迅速暗淡下去，连生活也变得毫无意义。云凌知道这样的情绪来源极其虚无，但它却每天都真实存在着。后来每当见到大街上擦身而过精神饱满兴冲冲的女人，她总会想是因为照镜子的缘故吗？如果真是这样，那镜子发明之前人通过什么感知自己呢？会更好还是更衰败？

那时云凌并没有想到日后她也会通过男人来感知自己，会在男人和镜子之间反复寻找自己在意的那个点，然后再衍生成或好或坏的情绪来面对这个世界。她自己反而是最不重要的，重要的是男人和镜子所折射出的另一个影像。当然，那是以后的事，人生只能经历然后回想，永远没有办法预设。

云凌用手摸了一把镜子上重新漫起的水雾，回想起白天咨询室里的女人。其实，也没有什么特别，无非是和自己的神态相像而已，唯一错误的是：因为那一丝的相像，从进门起她就主观地判断对方是正常的。

在学校第一堂课上老师讲没有一定的克制力绝对不能给亲人做心理辅导，因为至亲的人永远会有你自己的影像，而人在面对自己的时候往往很难做到客观，不客观也就丧失了判断，没有判断的心理治疗会把一切引向一个非常可怕的方向。还说，到目前为止，无论是他本人还是他的老师都还从未这样涉足过。

云凌没有想过有一天她会在咨询室里遭遇另一个自己，对着镜子她又试着微笑了一下，说实话，在遇到这个女人之前，尽管每天都要照镜子，云凌却从未仔细观察过自己的笑容，直到它在另一张脸上重现，那种似曾相识的亲切感在第一时间击中她，她感觉到了放松，甚至是愉快。随着对方笑容的不断浮现，她才终于惊觉那笑容是她所熟悉的，惊觉之后是害怕和沮丧。试想，如果连自己的笑容都需要反复回顾才能确认，那么有一天和自己一模一样的人从身边走过，她也只会因为本能而看着亲切，却绝不可能一眼认出——那就是自己，这是多么让人沮丧又恐怖的一件事。与自己数十年朝夕相处的结果换来的不是熟悉竟是陌生？她还怎么能期望别人会更了解自己？和许多事一样只要时间够久、够细都能想出枝丫来，在她一再的推理重叠覆盖之下，下午咨询室里那个叫"午后"的女人连同自己有限的过往都延伸出了枝蔓，即使是在梦境里，它们依然攀爬着。

　　叫"午后"的女人一个星期后再次光临了咨询室，仍旧是下午，仍旧带着第一次见面时淡定的微笑。云凌在咨询室的桌子后面特意留心了她进门的那一刹那，仿佛电影镜头重现般——先进门，然后是缓慢而持久的微笑，拉凳子的时候动作优雅。如果云凌没有记错第一次应该是她带着拉凳子，这一次她没有起身，只是冷静观察着，看到助手拿进单子的那一刻她已经告诫自己：绝不能再那么被动了，绝对不能！她脸上的笑和门推开的时间几乎同步，那是她惯有的、柔和而坚定的微笑，是对所有来访者都一样的微笑。任何事的起始都是最重要的，它几乎可以决定方向甚至是结果，所以她要一开始就把她等同于一般人，一般的来访者。"午后"脸上的笑持续着，云凌也一样，还是"午后"先开了口：

"见到我，意外吗？"

云凌摇摇头，语速比"午后"还要缓慢："怎么会，对我们来说，什么都是正常的，什么都有可能发生。"

"午后"把头微微垂下，眼睛盯着桌子说：

"是我自己很意外，不知道为什么还会来找你，话其实上次已经说完了，但我还是想来见你，或者想听你说话，""午后"抬眼看着云凌，眼神几乎是深情了，"我真的把你当朋友，连我自己都奇怪，不熟悉、没有任何交往却无端地会信任你。"

云凌看着"午后"点点头，神情因为太过职业而显得有些漠然：

"谢谢，人和人之间需要的就是信任，有了信任才可以更好地沟通。"

听到云凌这么说，"午后"又一次低下头抿着嘴若有所思地笑了，再抬起头的时候笑容里有了古怪的意味：

"人真是很奇怪，平时，我很难相信任何人，因为轻信会让我觉得不安，更多的时候我宁愿一个人待着，我们都清楚，和人没有交集也就没有了变数，虽说偶尔自己也可能无端生出些事，但总是比别人更好把控一些，何况，即便是和别人待在一起，未必就能不孤单……"

"午后"整个下午都在试图描述一种情绪、一种状态，她常常用"我们"这个词，某个瞬间，云凌的确有听自己独白的感觉，她努力控制着情绪，尽量不让自己跟着"午后"的叙述走。很多年后再想起这一幕云凌多少有些想笑，那些一直以为只是自己特有的、只属于自己的情绪原来会属于很多人，她们不是一个两个、十个二十个，而是一类人，比如阴天的下午，一觉醒来会生出"活着没意思"这样的感觉，很多人都会有，但当时云凌误以为"午后"说中的只是她的某些心情，因为被说中而开始心生不安，因为不安又极力抵抗，最终那个下午还是以疲惫不堪收场，尽管表面上看起来并不是这样。临走，"午后"说"过几天来看你"的时候，云凌有了一丝苦笑。

本来打算在接下来的时间里强忍着适应"午后"这个来访者，出乎她的意料，那之后的一个月里"午后"没有再光顾咨询室。在没有来访者的下午，她偶尔有意无意地有了等待"午后"的心情。这真是太反常了，以往的经验无数次证明倾诉和所有东西一样是会上瘾的，习惯了那种倾诉的氛围，有了良好的开头只要金钱允许多数人都会自动复诊。一般习惯于一周见一次的绝不会拖到一个月不来。从"午后"的穿着和聊天里可以感觉得出她生活得非常优越，所以不会是钱的因素，而两次聊天都是她主动叙述的多，应该是舒适的，所以云凌不知道问题究竟出在哪儿，直到两个月后的一个下午一个叫"小惠"的来访者到来。

小惠像来这里的多数来访者一样戴着很大的墨镜，在前台登记后直接进了云凌的咨询室。云凌照例问她爱听什么音乐，叫小惠的女人说：

"随便。"

云凌又放了一瓶水在桌子上，见顾客仍戴着墨镜，她语气柔和却不容置疑地说：

"您可以摘下墨镜了，这样，您会更舒服些，我们的职业操守会为每个来访者保密，所以尽管放心，出门的时候再戴上好吗？"

　　说完打开本子准备记录，往常，听到她这么说来访者都会犹豫地摘下墨镜，或者会再问她一些保密之类的问题，但最终一般都会摘下，毕竟在房间里戴黑黑的墨镜是别扭的，没有花了钱还要让自己不舒服的道理。写下来访者名字抬头见女人仍戴着墨镜，云凌微笑着继续示意对方摘掉，叫小惠的女人嘴角向上微微一扯很浅地笑了一下说：

　　"不用，我们开始吧，我只想说一些心事，"停顿一下又反问，"咨询室没有规定戴着墨镜不能说话吧？"

　　云凌摇摇头。

　　"我就喜欢戴着墨镜。"小惠的回答像孩子一样盲目而坚持。

　　云凌点点头，用手示意开始。

　　"不能说似是而非、模糊不清就是一件好事情，但，毫无疑问，许多时候，它比清晰、明白更让人容易接受、容易放心，确切地说是容易让自己放下心来。是吧？"

　　云凌点点头表示赞同。

　　"我在一件事情上已经纠缠很久了，不要以为我见到了水落石出的局面，没有，一点儿也没有，连石头的影子也没有看见。我甚至常常怀疑真的水落下去了，露出的恐怕也不是石头，而有可能是一些烂泥、杂草和一些乌七八糟的东西。分辨它们仍然需要漫长的时间。许多时候，你会听到门的另一边有许多模糊的声音，有一天你真的破门而入了，吓倒的不是别人，是你自己。你会发现除了黑乎乎的夜空，什么也没有，连声音也消失了……"听小惠叙述的开头如此流畅，云凌在本子上写——流畅、经过准备、喜欢阅读文艺作品。

小惠继续说着。

"那天灯光暗下去的时候，最初我是开心的，那时正播放我制作的一个广告——银幕上可以看到一个大大的翘翘的臀部，很美，很性感，是近镜头。之后，一只保养细腻的手在温柔地抚摸它，享受着这个裸露的、毫无保留的身体。紧接着，镜头拉长，可以看到整个身体横卧在一张小床上：是一个婴儿，上面俯身的女人扮演着母亲的角色。在下面的镜头中，她抱起小孩儿，半张的嘴唇亲吻着婴儿湿润的、软软的、大大张开的嘴。这个时候镜头又推近，最后画面就定格在这两对湿漉漉的嘴唇上，下面打出了广告的字幕。片子放映完，大家都保持沉默，虽然在这之前我已经无数次地看过，我甚至为自己的创意感到陶醉。但是那天，最后嘴唇那个画面让一些暧昧的东西弥漫了出来，充斥着大厅的每个角落。虽然没有人和我对视，但我仍然明显地感觉到身上爬满了各种杂乱的目光，正一寸一寸地在衣服上移动。其实，人的交流，很多时候是不用语言，甚至不用眼神的。在特定的时候，靠空气就足以传递一切。心照不宣地沉默，又心照不宣地明白。是吧？"

见小惠停下来问，云凌还是点点头。

"那天回到家我又放了一遍自己剪辑的广告片，看着潮湿的嘴唇在近镜头中碰到另外一对潮湿的嘴唇，我忽然意识到我们为什么会分开的真正原因了，我们从来不以这样的方式亲吻。那晚回忆往事的情形就像镜头一样，往前推，再拉近。刚在一起的时候，我们随便聊着什么，他一直看着我，确切地说是看着我的嘴。后来，在一个昏暗角落里，我们一言不发地互相亲吻起来。舌头表现出非同一般的热情，不知疲倦地缠在一起，对于身上腾起的欲望，我们都小心翼翼地压制着。但那种时候一定很少，那晚我努力回想，也只想到一次，或者两次。更多的时候嘴唇只是一个短暂的跳板。有时，连跳板也不是，直接就进入了，即使是进入，我也从未感觉到我们是一体的，更多的还是孤单。"

小惠把胳膊抱在胸前交叉着用手捏了捏胳膊，那种姿势仿佛自己用力抱了一下自己。

"那晚之前我从来没有如此仔细地想过我们的关系，有些东西即使你视而不见，只要它存在，投影就会一天比一天浓重起来，直到许多东西被遮得面目全非。我一直在记忆里努力地搜寻，从哪个时刻起，它们开始转变的？一定应该有个时刻吧！就像分水岭一样，把一些东西分开来，也许有，但我无论怎样也在记忆里翻不出来。记忆像一个旧仓库一样，没有目录，没有简介，走进去碰到的只是一些零星、散碎的细节。有的被灰尘盖住了，完全不知道究竟是些什么，有的裸露着，也被碎成一块块，东一个、西一个地摆着。一切都杂乱无章，有些东西甚至看起来相当陌生，几乎像是别人的，也许真是别人的吧，但，怎么会摆在我这里呢？那晚我一直在翻来覆去想这些东西。我希望可以想明白我离婚的理由。因为关于我离婚的理由，流传的版本大致有四个，有两个版本涉及了婚外情；一个版本里我完全是受害一方，老公是陈世美；但另一个版本里，我又摇身一变升级为狐狸精。还有人怀疑他的身体状况，说离婚是因为他满足不了我，当然也有涉及钱的，无论怎么说，这些版本无一例外都曲折、离奇，甚至费解。相形之下，我们真正离婚的理由，显得有些简单、草率，甚至像一个姿色不佳的女人一样，拿不出手。你觉得呢？"

小惠看着云凌停顿了几秒接着说了下去。

"经历这件事后我开始由衷佩服大家的想象力，或者说是创造力。连离婚理由，都能帮我想出四个版本来，别的就更不用说了。别人能把你的事当成自己的事来掏心掏肺的，我还能怨人家吗？不能，当然不能，至少表面上不能。即使我做不到感激涕零，笑容可掬，也要表现出十二分的耐心来，看着别人一副担心我的表情，我总会听人家把话讲完，让人家把想说的东西说出来，要不然她们会憋得难受。"

云凌忍不住笑了，见她笑，小惠也笑了，问她：

"是吧？"

云凌点点头。

"那天在办公室也一样，看广告片的时候，我知道，大家又在关心我了。不只关心我的生活，还关心我的思想。担心我想一些东西想得太多。我还没想到的事情，他们总是能先我一步想到。连我都尚未清楚自己在想什么的时候，别人完全一副胸有成竹的样子：我知道了。你知道？那种时候我特别希望他们能替我活着、替我说话、替我吃饭，也替我做爱。免得总担心我欲火焚身，把心操碎了。有天晚上，隔壁一直响彻着小孩儿的哭声，像受了冤屈一样，哭得撕心裂肺。其间还夹杂着大人含糊不清的叫骂声。不知哪儿的钢琴也弹得叮叮咚咚的，时不时的还要练声一样'啊……啊……啊'几声。我感觉自己快要崩溃了。

"于是请了假。有了大把大把的时间，我才发现在这个城市里，根本花不出去。和同学吃了几顿饭后，别人都像赶集一样，吃完忙着往别处去，只有我闲逛着。好像真是因为离婚才闲了一样。我唯一算得上好朋友的顺顺，也每天都泡在孩子的屎尿里，忙得不亦乐乎。我其实也喜欢孩子，但看着孩子哭天喊地地闹，又是屎，又是尿的，我不能说反胃，但的确有些受不了。我更愿意把她约出来聊。但每次她待不了一会儿就走了。就是聊也总是说她的孩子，和一些杂七杂八的事情，和她聊完我常常会更心烦意乱。你知道吗？突然间我成了多余的人，对于别人和我自己，都多余的人。我去了另一个城市，在很小的城市里走了一天直到夜幕降临，在商店外面的橱窗上我看到了自己的脸。虽然只是一个模糊的影像，却依然可以清晰看出那张脸的秀美，我喜欢自己那刻的影像。很自恋？我承认。可是谁又不自恋呢？不自恋的都是在装。在橱窗上，一些东西隐去了，一些东西却夸张地呈现着。隐去了的不仅仅是皱纹，那没有什么可隐的，没有哪个人的脸经得起在阳光下仔细推敲。隐去的恰恰是皮肤鲜亮的颜色，橱窗上的我像一张黑白照片一样，没有了色泽，却充满了质感，你知道，这是我那么多天里唯一一次觉得自己不错，至少看着还不错。在那个陌生的城市里呼吸着晚上成分复杂的空气，那儿和所有城市一样，其实城市大都没有什么区别，一样的人多，一样的杂乱。唯一不同的是，那儿没有人认识我，也就没有人要问我什么，这就够了。我往前走了一段路，看见了公园，应该是公园吧，有树、有长椅，还有一些古怪的石头。但没看见公园的大门，说实话，我也并不想进去。我更喜欢在人多的地方埋没自己——既安全又舒服。后来，街边的一个舞厅猛然响起了急促的鼓点，我被吸引了过去。尽管门票的价格不菲，我还是进去了。很多时候人做出决定是没有任何依据的，至少那天是，之前，我不会跳舞也不爱跳舞，但那天，就是想进去，一进去就觉得自己像泡在紫色的浴缸里一样，大片大片的紫色中夹杂的粉色像游丝似的不时从我脸上掠过，凉凉的，和这个城市水汽十足的风一样，让人感觉湿润、舒服。往里走灯光比大街上还要昏暗。我只看到面目模糊的人在一对一对地来回晃，我绕过他们直接走到较为光亮的吧台那儿坐了下来，给自己要了一杯酒，然后环顾着那里的一切，渐渐地跳舞的人不像开始那么模糊了，他们有了五官，甚至笑容，还能看到舞厅边上的沙发椅里坐着好多人，刚才从那儿路过的时候完全没有看到的人都逐一浮现了出来，很像水妖。"小惠自顾自笑了，问：

"水妖你看过吧？"

云凌认真听着小惠的叙述尽量梳理故事的头绪：哪些是实际情形、哪些有编造的痕迹，小惠在叙述过程中总会问她一些模棱两可的问话，但似乎又并不介意她的回答，只是想问而已。云凌总是敬业地点着头回应着，这次，她只是笑了笑，用笑示意一切谈话继续，晚上宁远要过去，她不能拖太晚。

　　"从一进门他们应该就能看见我吧，看见我视若无睹地从他们身边经过。同一个环境里，他们和我像经过了时空转换一样，他们感受到的信息、图像，经过了大约五分钟才传递给我，就在我刚刚对这里有些适应的时候。眼前突然黑了，只是眨了一下眼睛的工夫，连音乐也停了。'停电了？'我惊慌地叫了两声之后，只听到自己的回声，周围安静极了，那一瞬间，我像突然困在一个梦里一样。人清楚着，但梦还没醒来。我只好一动不动地坐在原地，屏住呼吸，周围有人在小声攀谈，还有呼吸声。我一直睁着眼，但什么也看不见，只有脑子跟着我。但脑子也完全想不起来是怎么回事了。只能感觉到周围又有了更多的呼吸声，还有脚步声，再后来突然鼓点响了起来，紧接着灯也亮了。奇怪的一幕出现了：跳舞的依旧拥着跳舞，边上的人依然坐在那儿，就连吧台边的人也还聊着。除了我，一切仿佛从未中断过，仿佛刚才漫长的时间只是我眨眼一瞬间闭住眼的情形。怎么会这样呢？'第一次来？'吧台的女人终于和别人停止了谈话，掉过头来看了我一眼。看着我脸上迷茫的神色，吧台的女人笑了，'真没来过啊，也没听说过吗？''哦，那跳舞的时候可一定要找个心仪的人跳，不然灯黑了，你就后悔了。'那天我居然很傻地问：'干吗灯会黑呢？'女人脸上绽开了暧昧的笑：'记着啊，突然变调敲鼓的时候就是要熄灯了，要亮的时候呢，还会再敲鼓。你说灯黑了干什么呢？'女人说着又去跳舞了。那天，舞池里的每个人都看起来光鲜亮丽，连衣服上都流转着慵懒的水波。刚才说话的女人，从眼睛里看有四十出头了吧，但皮肤细嫩仿佛是婴孩一般。灯光真的是好东西，在音乐里，旋转着的每个人，脸上都浮现出相似的金属光泽，绝不像白天大街上见的人那样，惨白、灰乎乎、松塌塌的。我下意识地摸了摸自己的脸，我知道那些柔和的灯光也一定毫不吝啬地抚摸了我的脸，只是我看不到而已。回到旅店，在镜子里，我看到了自己的脸。它们刚沾了水，眼睛、鼻子，还有嘴唇都湿漉漉的。就在不久前，在舞厅里，那个男人抱着我的腰跳舞时，身体就开始背离了意识。我听到了变调的鼓声。当周围像先前一样变黑的时候，我没有了之前的惊慌，但充满了紧张。我听到他在我身边的呼吸声，他的嘴唇和手碰到的是一个有些发抖的身体。但这阻止不了快乐。那一刻，我只能听到呼吸声和身体里溅起的水花，没有什么比黑暗更赏心悦目的事了。可惜，很快鼓声响了起来，然后，灯亮了。他们和别人一样继续拥着跳舞，就像什么都不曾发生过一样，没有凌乱，有的只是衣冠楚楚和心照不宣的风度。那天我看着镜子里自己的脸，在日光灯下像刚捞出水的鱼一样，泛着青色。我不喜欢那个人，一点儿也不喜欢。那么窄的脸，还有下巴、眼睛，没有一样是我喜欢的。很多时候，沮丧的时候，我常常会借助于身体，没有别人，就我自己独自在床上开始扭动、弯曲、伸展，有些快乐的门道你一旦找到很容易地就可以抵达，我总是轻而易举就通过了，直达水底。然后会哭泣，不是嘤嘤呜咽，是大声地扭曲地哭泣，身体和眼泪对我而言就像是人生的另一个出口，只有经历这样的排解之后，我才会安静下来。"说完，小惠突然沉默了下来，云凌以为谈话已经结束，开始看着自己的记录准备组织合适的语言。

过了大约一两分钟后，小惠接着说了下去。

"第二天，天色渐渐暗了下来的时候，我还没有确定自己究竟去还是不去。昨天他在耳边说了句：我明天等着你。那刻我完全没有往心里去，怎么会往心里去呢？连他是谁都不知道，而且又不喜欢他，但很奇怪记忆里保存了这句话。到了那个时间它们开始不断地重复，反复敲打着我的脑袋，几乎要站在我的面前，拍着我的脸大声疾呼。房间里的地板也早就被我来来回回地踩烦了，如果有可能，它们也会跳出来说话，希望我能坐到椅子上喝喝水，看看电视，或者躺在床上睡觉，吃东西，干任何我想干的事。后来，我又开始不停地看表，某一个时刻像警报一样，提醒了我，一定是这样，最后一次看表的时候，我深吸了一口气，然后以令人吃惊的速度起来刷牙、洗脸、抹油，身体几乎是跳着进了衣服里，拿着包离开了房间。那晚的空气里，充满了甜腥味，夜风刮过的时候，它们开始随风一起到处游走，有一些停留在了原地，滞留在动物的毛皮里、垃圾上。像犯罪的欲望一样深深地潜伏在那儿，一不留神，风大一些的时候，它们就会跳出来，像说出的话一样，在空气里来回移动。舞池里我完全不敢确定要等的是哪一个人，在昏暗的灯光里，旋转着许多长相雷同的人，只能一眼看出高矮，却分辨不出身份、长相来，于是和他相似的人拥着我跳舞了，同昨天一样，抬起头刚好能看见他的下巴，我喜欢这鼓声，这适合放焰火的黑。灯很快亮了，不合时宜地亮了，他在耳边说出了身体想说的话，没有等回答，他就拉着我走了。经过路途的跋涉，欲望一点一点地从身体里漏了出去，路灯下看着他狭窄的脸，开始变得惨白、灰暗，呈现松垮的迹象。风嗖嗖地从我们身边掠过。终于在旅馆门口，我逃离了现场，像一场事故的肇事者一样飞快地逃了。其实没有人追我，但还是一口气逃走了，没有做中途的停留。第二天，我就回到了自己的城市，直接上班了。

　　"白天办公室里针对是否要干涉别国打仗的问题展开了激烈的讨论。一反常态大家都踊跃发言、畅所欲言。都把想说的话一股脑地说了出来。对于遥远的人和事，他们都乐于发表自己的看法。因为再也不需要遮遮掩掩，掌握分寸，大家都显得很高兴。我们单位老吴说得很激动，最后都站了起来，用手比画着，似乎他对打仗很有研究一样。看着大家，慢慢像背景一样贴在了墙上，还有声音在说，但阳光落下去了。直到很晚，我仍旧一个人坐在办公室里。墙上的背景是什么时间消失的浑然不觉，不只这些，连另一个城市里那一个多星期的时间是怎样消失的，也一样心底茫然。时间仿佛出现了很大的缝隙一样，那些本来连在一起的胶片因为忽然散落了一部分，很难再精细地拼起来。一切开始变得模糊不清。说实话即使我确定那些东西就在身体里，也调动不了它们，不能让它们一起手拉手，排着队走出来站在那儿。最后出办公室的时候，我突然瞥见了自己湿的、发青的脸，后来很多个泪珠滚到了一起落了下来。啪的一声我听到有东西碎了。最糟糕的是出来的时候竟然有人看到了这一幕，于是那之后的许多天里，单位的人，确切地说是热心的人，热心关心我的人开始不断地游说。有说媒的、开导的，络绎不绝、川流不息。我看着他们一个个骑着高头大马，高兴而来，满意而去。我存在的价值一点点地显示了出来。我甚至感觉自己在无形中丰富了他们的生活、锻炼了他们的口才，也增长了他们同困难做斗争的信心。同时我的生活，也安排得井井有条，在两个星期里与六个人约会，吃了四次饭，看了三次电影。时间又上紧了发条，吭哧吭哧地往前跑，但他手里拉着的似乎已经不是我了。两周后，我开始反思了这一切，决定无论别人怎样骑着大马、戴着红花，一律都低着头给他顶回去。当然别人一旦落了马没了兴头，我就得背一堆驴肝肺整日行走在马蹄之间。没有什么事可以两全，更别说鱼和熊掌了。这就是人生。

"一次闲逛的时候我碰到了前夫，胳膊里还挎着一个女人。虽然早已事过境迁，你知道猛地看见他的身影我心里还是紧张了一下，他也看见了我，点了点头算是打招呼。走过去了又微微斜了一下身子像是专门看我一样，至少当时我是这么感觉的。我等他们走远了才嘘了一口气，嗓子里的气息又重新回到了腹腔里。刚才一看到他挎着的女人，我就不由得心花怒放了。尽管他已经是一个和自己毫不相干的人，但是看到他身边的女人远不如我，至少外表看起来远不如我，我还是很低俗地开心了起来，那刻我想起了初中学过的参照物，有了它，你才知道你有多快，或是多慢；才知道有多优秀，或是多糟糕。刚才的参照物无疑让我觉得自己活得亮堂堂的、红彤彤的，滋润得要滴出油来。事实是怎样的仿佛已不那么重要了，重要的是参照物是什么样的。一连好多天，我的心情都被这件事浸泡得油津津亮汪汪的。我很无聊是吧？"

这次云凌一样也没有回答只是微笑着，微笑的间隙还瞥了一下对面墙上的表。

"后来，每到周末时间就会显得很狭长，被挤掉的、落下的时间仿佛全都聚集在了这里，眼巴巴地等着我一一触摸。即使躺在沙发里蜷缩的身体里还是像打了个洞一样，许多东西慢慢地漏了下去。好吧，今天就到这儿吧，感觉你有更重要的事儿要办。"说着她缓慢站起来并没有等云凌总结些什么直接走了出去。云凌先是松了一口气，合上本子的时候却突然有异样的感觉冒了出来，但因为要见宁远，她压制下了自己出于好奇心的推理，也快速地离开了办公室。

那晚，宁远心情很好，和云凌大段大段描述他即将完成的书稿，说到激动处开始眉飞色舞。这半年来，随着写作的推进，宁远的情绪一直都是这样，要么低落，要么兴奋。一周他们会见两三次面，时间基本上都是宁远定。接到宁远电话，只要单位不忙云凌都会提前半小时下班回去做晚饭。然后一起吃饭、做爱、听宁远说话。最初，她会随着他聊天的内容一起说些乱七八糟毫无意义的话，后来她很少再插话，会像白天在咨询室一样带着笑意很配合地倾听。有时宁远会在聊天的间隙摸着她的脸说："真喜欢你这么平静听我说话的样子，我会觉得特别静、特别好。"每次聊完宁远会心满意足地睡去,而她则在黑暗里待很久才能睡着。是一个月或是几周前,她不太能确定具体的时间,但是那种感觉真的有一个节点,在某个节点他们面对面坐着,他说,她听,突然就没有了想要说话的冲动,心里有的只是深深的倦意,就像此刻,看着宁远眉飞色舞,如果不是灯光昏暗她会误以为置身于她的咨询室。宁远有时也会问:

"你听我说话累吗?"

她摇摇头,就像在咨询室回答那些来访者的问话,她开始变得礼貌而克制。她以为宁远一定可以察觉到她的异样,可以抱着她、缠着她、问她到底怎么了,那她或许就会说出些什么。可是,没有。宁远不但没有察觉出什么,甚至开始喜欢上了这种貌似安静的氛围。用宁远的话说,他们已经找到了最默契的相处方式。他的呼吸并没有变得更陌生,身体也一样,他们甚至熟悉到了无须花费什么力气就可以彼此抵达快乐的顶点。或许一切都太容易抵达了,现在的宁远已经很少会花费时间来抚摸她,也不会像过去一样走进厨房从背后抱她,更不会一直缠绕在嘴唇上。嘴唇真的像白天那个女人所描述的一样只是个跳板,有时连跳板都不是会直接进入主题然后抵达,然后结束,然后花费更多的时间用来描述他的理想。在宁远的叙述里,云凌对未来的渴望日渐遥远,甚至心生倦意。更可怕的是她发现自己的生活已经离咨询室里那些女人的描述越来越近,甚至开始重叠、暗合。如果人生仅仅是一次又一次不变面貌的重复,她不知道人生的意义究竟在哪里,她更不能相信自己可以像母亲一样一路挫败还能一路向前。

　　母亲过去在镜子前无数次徘徊的心境已经像衣服一样穿到了她身上，年少时对母亲所有的耻笑无一例外也全反了回来。过去那么多年，她竟然没有一次感觉到母亲独自养她的艰难，因为她知道那些钱存在，她一直以为养她需要的只是钱。直到身陷彷徨才在自己的彷徨里看清母亲过去时间里所有的挣扎。也想起了年少时最厌恶的母亲问话，"喜欢王叔叔吗？喜欢李叔叔吗？不喜欢吗？"母亲是有多在乎她才会一遍一遍地问，才会在可数的遭遇爱情的时候小心翼翼查阅她的脸色、她的心情，而她一直心安理得地认为养她只要钱够就可以。包括十八岁生日那晚，从母亲不断回想和不断叙述里谁都看得出母亲的留恋，那留恋里最主要的是儿时的她，她却只是一味地应付母亲。

　　听着身边叙述了一整晚却没有提到关于自己的只言片语的男人熟悉的呼吸声，她头一次为母亲——那个从出生起就和她无比贴近却又被她主动疏远的女人落了泪，后来抽泣声让宁远有过短暂的清醒，但只有一瞬，拍了拍她的背又沉沉睡过去。

　　哭泣过后的周末再看见母亲，云凌心底掠过了一道柔柔的细纱一样的情绪。但她并没有立刻就抓住母亲的手表达心意，持久的疏远已经让亲密变得有些尴尬，她甚至不知道该怎样表达此刻的心情。看电视的时候她没有选择坐在母亲对面而是坐在了母亲旁边，母亲愣了一下神，有些慌乱地笑了。她发现母亲笑起来的确好看，眼睛弯弯的，里面永远像是漾着一汪水。不像她那么理智、那么凌厉。母亲的皮肤也比她要好。

看父亲照片她知道自己完全继承了父亲，过去，她对此是引以为傲的，常常会看着母亲心里小声说，还好，不像你。现在却羡慕母亲了，她主动问母亲：

"我脸色好吗？"

母亲先是往前探身很认真看了看，又往后仰了仰看，才很认真地说：

"还行吧，没起痘痘。"

"我都多大了，还起痘？"

"多大？没结婚多大都是小孩儿。"

如果是平时，这句话后一定是两人持久的沉默。因为云凌根本不会再接任何话。今天，云凌看着母亲有些调皮地说：

"结婚就算大啦？你还不是一样要做饭给我吃。"

尽管她所呈现的调皮是别扭的、是有些尴尬的、是努力之后才有的，母亲却感恩般搓着手笑了。看着母亲为她一句话就高兴成这样云凌更内疚了。她又主动扯出了十八岁生日晚宴，说，前几天同学聊天才知道父母认真给过十八岁生日的没有几个，他们超羡慕她，她滔滔不绝地说着根本没影儿的从未发生过的一些事儿，母亲笑得靠在了沙发上，在她的夸奖里母亲像个少女般竟然有些羞涩扭捏起来。后来，话多了以后她也谈到了宁远，但她只和母亲说认识不久，还不知道以后怎样。母亲以为她所有的表现都是谈恋爱的缘故，一直和她说，好，好，谈就好，什么时候回来见都行，不急，只要你高兴就行，高兴就行，现在这样多好……多好啊。她没有和母亲说更多关于宁远的情况，即使和母亲已经开始亲近，但多年的思维惯性还是让她不习惯在一切没有决定之前和母亲多说。尽管想和母亲一张床睡一晚的想法最终没有说出口，可她还是看到往事开始松动了，她确定剥落下去一定可以看到嫩芽般的新生。

梦境般滔滔不绝

一

云凌对眼前的一幕有了某种错觉，一种相似的、熟悉的、重叠的感觉击中了她。女人依旧戴着墨镜，云凌没有急着放音乐而是问：

"我们见过吗？"

叫"小奈"的女人很镇定地回答：

"我是第一次来这里，至于在大街上有没有见过我不知道，这个城市这么小，见过也难免吧。"

连声音都是云凌所熟悉的。

"您可以摘掉墨镜，那样您会更舒服。"云凌的好奇心越来越重。

"不用，我已经习惯黑暗了，我不想耽误太多时间，可以开始了吗？"小奈的回答让云凌没有任何空间可以再提问。

"喜欢听什么音乐？"

"随便。"

对于说话利落的，云凌不是没有遇到过，有些几乎是刁蛮的，听小奈这么干脆回答，她把好奇心和直觉缓慢压了下去，打开记录本示意对方可以说下去。

"你喜欢裸睡吗？"没想到小奈会这样问。已经进入状态的云凌职业地笑着说：

"我们在做关于您的咨询，您可以讲任何您想讲的情节，也可以问不涉及我个人的任何问题。"说完，云凌收敛了笑容伸出手示意小奈可以继续。

小奈笑着摇了摇头开始继续说：

"我猜你不喜欢，我也不喜欢，都说裸睡是最健康的睡觉方式。其实任何宣传都不会那么客观，实际情形只有自己才知道，真的一丝不挂，我丝毫没有感觉到轻松，整夜都处在毫无着落的梦境里，试了一晚就再也不想那么睡了。其实我们都明白潮流是不可靠的。但很多时候，还是身不由己，总要试一试才甘心。"

云凌注意到小奈用了"我们"这个词。

"没有办法，人就是这样试来试去的，很多时候试了才知道哪些不属于你，但更多的时候你是被莫名其妙的东西推着往前走，婚姻也一样。离婚后，我每周会去看母亲一次并住一晚，睡单人床。那是我结婚前一直睡觉的地方，睡了二十多年，结婚才不到两年，我也没有变胖过，但再睡单人床明显觉得有些窄了，好像一翻身就会翻到地上去。我母亲说过好几次，要重新买个大床，被我拒绝了。从买床这个问题上很容易看出我母亲的人生态度——说归说，做起事情来很少勉强别人。对和错仿佛只是用来说说而已。对于我离婚这件事母亲的态度也是一样的。发表了很多意见，不希望离。来来回回说，离了婚的女人如何的可怜。但最后我真的决定了，她也只是用一整天不说话来表示自己的一点不满，她不是那种强势的母亲，会面临事情跳出来直接告诉你：不行，坚决不行。这样的话一次也没有说过。人很奇怪你知道吗，对于她的不强势我从来没有感激过，反而会觉得她不过是不想负责任而已。所以我们的关系实际上是疏远的，一般就是吃饭、看电视，然后就电视延伸出一些无关紧要的话。无论什么电视她都能津津有味地看下去。会一边唠叨一边看。会说，韩剧怎么这么磨叽啊？这人死了都演八天了，还对着死人哭呢，怎么就不埋啊？坏不了吗？电视里演吃顿饭比我吃的时间还长呢……她就这样，永远是一边唠叨一边看。我常常和人转述母亲关于韩剧里死人和吃饭这句话，听的人一般都会笑，会夸我母亲很有意思，尽管我心里从来不这么认为，却还是很乐意听到别人这么说。我不知道这是为什么，是在乎？还是习惯？就像她在我年幼时从来不认可我，却很喜欢听到她的孩子被人夸奖，这是什么样的一种心态？反正不是爱，我觉得。先不说我母亲，说婚姻，对于刚刚结束的那段婚姻，我偶尔还是会生出留恋来。和他结婚的时候，我以为我们会一直过下去。和所有周围的人一样，生孩子，教育孩子，然后等孩子长大了，再给孩子看孩子，就这么一直循环下去。这样的生活虽然枯燥，却也有着疲惫的乐趣。我一直都是这么想的。刚结婚我们也过了一段吵吵闹闹，亲亲热热的日子。和所有的人一样盼着天黑，盼着黏在一起。过了半年，我们决定生个孩子。

"从那时起，许多东西开始一点一点地变了。

"我也想过，没有那些事或许也会有别的东西来改变我们。从准备要孩子开始，一个月，两个月，一年半过去了，没有一点儿动静。我们用了各种适合怀孕的姿势，但就是等不来那个小人儿。虽然不知道问题出在哪里，但都知道自己不会有问题。之前，还没结婚的时候，试着接触身体，结果只有一次就怀孕了。我蒙着头巾戴着墨镜跟在他后面去医院悄悄做了人流，搞得和做贼一样。这次担惊受怕的经历让我们以为，生命是很容易制造的。那些小人儿永远一排排站在那儿傻等着，只要伸出手就一定能抓得住一个。谁都没料到会有现在这样的局面。别说把这个小人儿抓在手里了，就连小人儿的影子都眼看着越走越远了。他母亲——我的婆婆从我们结婚那天起，就开始耐心地为我们做祈祷，希望能尽快生一个孩子。因为她信天主教，所以我们婚礼举行了两次。一次是在教堂，一次是在我家旧院子里。我婆婆说只有在主的面前接受主的祝福才能幸福地过一辈子。结婚那天神父操着当地的土话说了一大通主啊、神啊之类很神圣的话。你不经历那种场面绝对无法想象有多搞笑。那么一个无论穿着还是内容都极其西化的场面，回响在耳边的却是土得不能再土的方言。长那么大，那是我头一次觉得家乡话有些登不了大雅之堂。去教堂的时候，我母亲没有去。她是个老党员。能同意我们去教堂结婚已经是下了很大决心了。所以我第二天又在自己家的院子里重新结了一次婚。婚礼比第一天在教堂要热闹得多。一群孩子跑来跑去，鞭炮的碎末儿，飘得哪儿都是。结婚那几天是我一生中最迷糊最开心的几天，整个人像穿了线的木偶，而且是那种漂亮的木偶。"

小奈笑了。即使戴着墨镜云凌还是清晰地感觉到了她回忆里美好的心情，而她略微低头的神情甚至让云凌对婚礼有了某种憧憬。

　　"几乎所有人结婚都会穿着光鲜的衣服带着光鲜的笑容，然后被一堆人拥着转来转去。其实无论什么，繁复到一定程度到最后剩下的就只有一张皮。婚礼算是比较华丽的一张皮。

　　"我婆婆说话前总要轻微地闭一下眼睛。这个动作让她很多时候看起来都很语重心长。有天吃完饭，她把我们叫在一起，照例先闭了一下眼睛，才匀出一口气慢吞吞地说：'我看你们还是先去医院检查一下吧，主会保佑你们的。一切灾难都会在主的庇护下消失的。'这句话很逗吧，和说笑话似的，一面说去医院检查，一面又说主保佑。真信主就让主替我们查好了。是不是？但是在饭桌上我们都没有笑，如果一个可笑的话题都保持不笑，原因只有一个——它涉及了一些人的痛楚，那痛楚不能言说，大家却又心知肚明。后来我们一直试图说笑来缓解气氛，但是气氛这个东西，你一想到要缓解的时候往往已经缓解不了了，吃完饭我们安静回家。谁都没有再多说一句话，也都明白应该说些什么，或许都是在等对方说吧，等着等着都不说，就会更生气，那晚是我第一次感觉到婚姻的沉闷。后来到底还是决定了去检查。检查的过程有些不堪回首。身体的不适导致了心情的不爽。他回到家一声不吭，掉头就倒在床上。我也一样不高兴。我们都指望对方哄可看情形不吵就不错了。检查结果出来的那天，我站在阳台上眯着眼睛看他从远处走来，身后被阳光拖出了很长的影子。他进门后先冲完澡又在屋里转悠了半天才和

146

我说：

"'子宫后倾、输卵管有些狭窄，这种情况能怀孕但是概率小了点儿。'

"婆婆知道这件事，嘴巴张了很大，好半天才重新合上，公公每天中午都有看报纸的习惯，那天也破例没有看报纸，早早回屋睡了。我们也没有吵，婚姻里最糟糕的真的不是吵架，而是连吵架的力气都没有。晚上听着他的呼噜声，我怎么也睡不着，心里突然就有一些厌恶，很多东西一旦露了头脚就永远都缩不回去了。倒是我母亲听了这个消息，很不以为然。她说："没事儿，你没见隔壁张成家吗？五六年了不能生，领养了个闺女，第二年就怀上了。这不是又有闺女又有小子的，比一般人还好呢！生孩子偏方妈多着呢！实在不行咱们就先领养个孩子，这叫一个拖一个，拖着就全来了。'遇事儿最能看出一个人的性格，那时，我才发现母亲也会有她强势的一面。她找了好多方子，有吃的，有贴的。并不征求我的意见直接就熬给我喝，我也有生以来第一次那么听话。这个时候我婆婆仍旧每天按时向上帝做祈祷，她是个简单的人，从不管上帝是否有时间顾得上她，只是一味地祈祷，遇着我们回去吃饭，总是习惯性地会往我碗里多夹一些菜。一切看起来和平时没有什么两样，甚至是更好了，如果有亲戚来，人越多气氛就越融洽。只有单独剩下我们两个，一切才变得有些微妙、滑稽。坐在沙发上紧挨着却常常连手都不碰。做爱对我们而言已经不再是身体的享受，而是制造生命一个不可缺少的步骤。谁都怕多余的身体接触给对方发去不恰当的信号，从而导致一次效率不高的做爱。每次做爱都要事先安排，测体温，准备妥当才会开始。时间长了，在这件事上，谁都觉得有些索然无味。但又都不肯承认，都在尽量配合，却又无法竭尽全力，到后来连表情都有些勉强了。有时我甚至感觉做爱的时候像在工作，枯燥，乏味，了无新意，和白天在单位一个样，不知道谁在应付谁。"

二

见小奈重重地嘘了一口气，云凌才发现没有放矿泉水，起身拿了水，又重新坐下，这是她第一次有些被叙述人的故事所吸引，她有了要听下去的心情。

"后来，我提出了离婚，他虽然嘴里说着别胡闹，眼里却分明是松了一口气的神情。每个人在自己感到无趣的同时，总还是侥幸希望别人觉得有趣些，尤其是对待身体这件事上。说不在乎不过是托词罢了。不过，就算是在乎，也是对自己在乎得更多些。凑巧的是往往你觉得无趣、厌烦的时候对方和你一样，或者比你还要厌烦。有些话，有些想法，你不说、不碰或许一辈子都会相安无事，可一旦说了、碰了，你会发现之前所有你认为坚固的东西根本没有你想的那么坚不可摧，只是轻轻一碰立刻就瓦解了。离婚的时候，他没有要房子。我们平分了几万的存款，从这方面看他其实也算是个不错的男人。离婚的时候我母亲、我婆婆一直也劝着，但也只是劝。没有人跳出来说：不许离！死都不许离。没有人说那样的话。没有人会反对到那种程度。一切都显得很含蓄，这像他们一贯的做派和习惯。我事后一直想，如果有人强烈反对，反对到说那样一句要死要活的话，我一定不会离。或者他咬死了不离，我们也不会离。对于离婚的原因我婆婆一直以为是怀不上孩子的缘故，以为我是不想耽误他们要孙子而主动地腾开了位置，所以离婚关于房子，她没有一句意见，眼睛里甚至充满了愧疚。而他大概以为我是真的厌倦了。其实，厌倦虽然也是真的，但从提出离婚的那天起，更像一个小孩儿不小心爬到高高的烟囱上面，完全不知道该怎么下来。惊动的人越多就越慌，越不知道该怎么下来。心里盼着有人能抱着自己下来，就当什么都没发生过一样。可是一切都太迟了。"

小奈喝了口水，望了望窗外，云凌随着她的视线也看了一下外面，太阳还没有落下去，却有了即将消失的迹象，这一切是那样的熟悉，熟悉得让云凌有些不安。

"后来，就是忙着相亲，那是比结婚前还要忙碌的一段生活。有一次相亲前我进了一家发廊。两个小男孩儿很尽力地在头上摆弄来、摆弄去，为了让我觉得钱没有白花，首先在时间上做到了足够认真——够长，做完造型的时候已经快六点了。看着镜子里的自己觉得和之前几乎没有什么变化，要说有变化，那就是比之前还要显得没精神。听我这么说，发廊的人有些急：

"'大姐，现在流行这个。就流行这种随意，松散的发型。这个最适合您了。您看多好看。显得您多年轻。'

"本来我没生气，听到这最后一句我真是不高兴了，所以他们再忽悠办卡之类的我直接就拒绝了。我才三十出头，哪愿意听什么显年轻之类的话，本来就年轻着呢，显什么年轻啊。显年轻那是中年人才该干的事，对吧。临出门小男孩儿仍很敬业地鞠躬喊着说：'很高兴为您服务，欢迎再次光临，记得点我，我是12号发型助理。'出了理发店我直奔约会的咖啡厅，找了一个不起眼的位置坐下。那个咖啡厅没有想象中幽暗。事实上太幽暗了我也不喜欢，好像头一次见面就要开始暧昧似的。看过彼此的照片，应该能认得出。但我还是告诉介绍人，说会穿米色的连衣裙来。等了一会儿，有个男人走过来。虽然还不能确定就是约会的那个人，我还是习惯性地往起直了直身子，可能潜意识里我希望这样会显得更修长、更端庄吧。男人坐下后直接介绍自己，我呢，觉得他比照片要好看很多，所以笑了，然后他就说，我笑起来很好看，其实，男人的话有时候就是随便么说说，可是很奇怪，当时，我信了，因为信了所以感到特别高兴，我真以为自己笑起来很好看。"

"你是很好看，尽管戴着墨镜，但你笑起来的确好看。"云凌说这句话的时候完全出于真心，几乎是脱口而出。

"谢谢。"

小奈笑着微微点了点头：

"在咖啡厅他点了些零食饮料，点的时候一直问我喜欢什么。我只是笑着，后来我们喝了点酒，他说，我脸红了特别好看，还说我长了一张猫脸。"

见云凌的眼神有些诧异，小奈在脸上比画着说：

"额头大，脸短而小。"比画完又有些不好意思。

"很可笑是吧，那天他说什么我都信，重要的或许根本不是他说什么，而是我信了，你知道信了容易开心，但也容易伤心。后来谈起彼此的工作，我说：'没意思，没有一点儿意思，每天就是整理档案，要么就是干坐着。看会儿书还得躲着领导。领导来了赶紧整理档案，桌子上每天一上班就放一大摞档案，就等着领导来检查。'他很会说话，他说其实也一样，不过，他们刑警队工作不好糊弄倒是真的。现在想起来我当时说话简直是又天真又冒傻气。而男人呢看到女人很无知就会很受用。他开始滔滔不绝地讲他怎么通过别人的描述来画出罪犯的特征，他讲了很久，我呢，就那么一直认真听着。他说自己学了四年的心理学、两年的犯罪心理学、两年的素描。还说多数案件都只有案发现场，没有罪犯的真人记录。只能通过分析、画素描、然后根据这个再展开一系列的排查，最后确定谁是凶手。我对这一切都感兴趣极了。分手的时候我们都有些意犹未尽，但都忍着没有提出更进一步的要求。我是不方便提，而他是怕我不同意。其实，那天我很希望他能一直陪着我说下去，就只是说说话。后来我们在我的房间里重新回忆起了这一幕。我说：

"'我就想你能上来陪我再说会儿话。'

"他摸着我的头发说：

"'我可不想只说说话就走，那么长的时间只说话太浪费了。'

"上次我们分手后，我又见过三个男人。离婚后，我见的都是条件差不多的人。都有工作，有的结过婚，有的没有。如果没有结过婚，那么家庭条件一定很一般。反之，一定会好一些。但，也只是稍好一些。大家都是要奔着结婚去，都会互相挑一挑，所以很难说谁更世俗，唯一不同的是他能让我心跳加速。所以我其实没有什么比较，很自然就选择了他。和所有男女一样，我们最初也曾度过一段美好的时光，会一直专注于彼此的身体、语言，那种氛围里真的就只有彼此。开始半年我并没有打算把他介绍给母亲。但常常会和他谈起母亲。在我的叙述里母亲完全变成了另外一个人，有时候夸张、有时候含蓄，变得十分戏剧性。说多了，他偶尔也会说，你母亲真是有个性啊，后来还根据我的描述给母亲画过一张像。虽然有些出入，但还是很像的。我盯着母亲的像看了很久。要不是他画出来，说实话，我都不太清楚母亲到底长什么样儿，从来都没有细看过，更没有仔细想过。看着画像，突然觉得她挺好看，就问他：'我妈好看吗？'他说我更好看，更妩媚，还说他就喜欢我这样妩媚的猫脸女人。虽然嘴里不肯承认，但被喜欢的男人夸，心里永远喜滋滋的。每次亲热完，他都会讲一些有趣的事，虽然多半都和犯罪有关，但因为掺杂着些心理小常识，再加上他有意识的发挥，到最后往往会演变成两个人下一轮亲热的前戏。所以最初，我很享受这种气氛。后来，当他的注意力完全放在描述那些案件时，我开始试图引导他重新把兴趣转移到我身体上来，开始总是好的，他会放下一切继续看着我，和我说话，一起沉浸在两个人的世界里，后来，更多的时候，见我不高兴了，他也会听话地来摸我，但摸来摸去我们都没有再嗅到一点儿情欲的味道。更为懊恼的是对于我来说，做爱不仅仅是身体的愉悦那么简单，同时还是通往熟睡的最好的一条道路。在这点上我很羡慕母亲，她躺下总是很快就睡着了。周末我躺在单人床上听着她有节奏的呼噜声很晚才可以睡过去。

"离婚前不这样，刚离婚的时候，一切也还没有那么糟。离婚一年后，我发现自己总是需要小心翼翼地对待睡眠，才能在巨大的黑夜中适当地得到一丁点儿回报。就这样，一不留神，睡眠还是会溜走。睡眠这种东西，既不能使劲抓着，也不能不管不顾。临睡觉前使劲想着，要睡觉，快睡着，那一定睡不着。但如果临睡时完全不把它当回事儿，该干吗干吗兴奋过度也还是睡不着。看过医生，医生说，'临睡前喝一杯热牛奶。然后躺在床上，不要想睡觉这回事儿只是放松身体，飘起来，那样就会很快睡过去。也就是说心里不把睡觉当回事儿，但身体要把睡觉当回事儿。'我试着做了，头一天还真睡着了，我高兴极了，第二天却直接通夜失眠。睡眠好像变成钱似的此消彼长。而且睡不踏实其实才是最不舒服的，总处在半睡半醒间。从时间上看是睡了，但从质量上看永远属于残次品。越睡不好我就越渴望睡觉。"小奈描述的时候皱着眉，在表情上重现了失眠的某种痛苦。

三

"父亲死后母亲也是一个人睡觉，她怎么就能睡着呢？我没有问过母亲。母亲也不说这些。清明去给父亲上坟，母亲总记得给父亲带点儿酒。最后把那杯酒洒下去的时候，母亲常常自言自语地说，没人管着你了，你就喝吧，多喝点儿。父亲死的时候，一直在我面前用手比画着，很像描绘一些枝枝蔓蔓的花。没人明白父亲要说什么。母亲说：'他让你找个好男人。'不知道父亲是不是这个意思。反正母亲说完，父亲就放下手咽了气。离婚后一到周末我母亲就打电话让我回去，我常常觉得母亲麻烦、啰唆，但后来又不得不承认，她其实从来没有带给过我真正的困扰。那些唠叨说到底不过是门口刮风时沙沙作响的树叶罢了。心情好的时候甚至可以当成是一种被疼爱的享受。我母亲做得一手好菜，尤其是麻辣翅尖，父亲活着的时候这道菜是每星期天必备的下酒菜。他总是先抿一小口酒，再咂吧一下嘴，然后很舒服地呼出一口气，带着声音，带着动作，似乎那口酒喝到嘴里直接就进到了心里。然后开始慢慢地吸鸡翅的汁。总是吸一会儿才开始嚼。就是嚼也总是像吃瓜子似的一点儿点儿地往下磕。'你母亲做的翅尖啊，真是谁都学不来的。好吃。'我父亲不止一次说过这样的话。好像做了一辈子饭的母亲就只有这个才做得像个样子。平时没有翅尖的时候，父亲照样也喝酒。但只有就着翅尖喝，父亲才会喝得缓慢，才会显出无比享受的样子来。最初我并不喜欢这种没肉光有骨头的东西，长大后每每跟着父亲一起吃，还总是嘀咕着说：'还是翅根、鸡腿更好吃。这个算什么？穷酸。'谁知道后来吃着吃着居然也上了瘾，我们两个常常像抢似的，比着吃。他在那儿滋溜滋溜喝着酒，我在一边嘎吱嘎吱磕着鸡骨，一会儿工夫半盆就没了。父亲死后，有一年多我没碰过这东西，别说吃了，就连想都不愿意想起。"

　　小奈说完看见云凌眼睛有些雾气漫上来，又解释似的说：

　　"我并没有时刻都在怀念父亲，真的没有，没长情到那个份儿上，我是受不了那种不断回忆的感觉。他死后，我也常常会无端地生出许多内疚来。比如有很多次他让我去买烟，我都找理由推了。还有一次他头皮有些痒，让我买一瓶去屑的洗发水回来，也忘了买了，还有很多。内疚持续了很久，一直到他三周年祭后，一切才突然淡了。好像死去的人总是要在熟悉的地方再停留一段才能离去似的。过了三年，和他有关的一切随着他的离去突然就走远了，包括内疚。所以，时间真的是味好药，这句话没错。

　　"我母亲总说姑娘不能留，留来留去留成仇。半年后一天她又唠叨的时候我说了男友的事儿，她高兴坏了，其实说的时候我是犹豫的，因为我们根本没有谈到婚嫁这一步。在一起这几个月似乎就只有性而已。连结婚都没有谈到，当然更不会谈起子宫后倾不容易要孩子这样的话。我也清楚这些是早晚要面临的事情。总是要说的。孩子——那么个并不存在的小玩意儿，迟早要站在我们中间离间我们，有时会希望那一天来得越晚越好，有时又会希望那一天早点儿到来。也许来了一切就踏实了。尽管他一直夸我，甚至也说我就是他要找的那个人，但是在朋友聚会上当我听到他对着另一个女人说她才是主角时，我就清楚他的夸奖不过是一种习惯，就像很多人习惯拥抱一样，而且，他善于讨好女性。说到底，女人的容颜再好时间久了也都会衰败，即使不衰败，不是还有那句话吗？看见桃花我喜欢它的艳，看见梨花我喜欢它的淡。容颜不足以留住一个人，性格呢？也是一样的，哪有什么好坏之分，喜欢的或许就是喜欢那份矫情。所以，爱情并没有让我感觉踏实，那段时间反而是工作，虽然枯燥、乏味，却让我觉得踏实。我常常想也许只有踏实才是我真正想要的东西，包括婚姻。如果不纠结于感情，现实一些，他应该算是不错的结婚人选。很多个睡不着的夜晚我都这么盘算着。当然，肯定还有别的。过去我从来不愿意承认。身体，一贯都被我归在另一类里，另一类不能明说也不能明确思考的东西里。因为某些时候，对于身体的热衷明显超过了别的。睡不着的时候我也会想起从前的婚姻，我真的并不想离婚，在他到来之前，离婚后我没有安稳地睡过一天。不踏实、空洞的感觉总是和影子一样，到哪儿都跟着我。前不久，我看见前夫骑车带着一个女的，让我想起了我们在一起的时光。没有什么区别。真的没有一点儿区别。我们的日子完全可以过下去。"

已经过去一个小时，小奈的故事却似乎刚刚展开，如果在过去，云凌会有不耐烦从心里溢出来，尽管表面她从来都是镇定的、职业的。但，今天没有宁远等着，她不急。她往桌上又放了一瓶水。

故事还在继续。

"他喜欢讨好女人。他说这点很像他父亲。因为他母亲说过，他父亲就和园丁一样，只要看见花就巴不得立刻上去浇水施肥。他从来不能确定母亲说这句话时的心情，因为母亲一说起他父亲总像是在逗乐子。仿佛他父亲是个很幽默或很搞笑的人。但实际情形似乎完全不是这样子。在他的记忆里父亲很少笑，至少很少对他笑。和母亲离婚后，父亲每个月会来看他两次。虽然很少说话，但总是会给他买一些好吃的、好玩的。成年后见面变成了几个月一次，父亲有一次住院他去探望发现除了他后娶的那个女人，还有好多女人都陪着。当时想，也许其中就有父亲的相好。结果，仔细地看了一圈，也没有发现一个特别好看的。于是，他知道了父亲的品位很一般。那天，就在那种场合他还在脑海里很不恰当地虚构了父亲和女人们欢愉的画面，可以具体到身体的某个动作、某个部位。

　　"他和我说这些话的时候我们赤裸着身体，很奇怪随着身体的赤裸人也会变得更为贴近，会有想要掏空自己过往的欲望。他呢？一直就是个喜欢洞察一切的人。所以，大学一年级时开始改修心理学。事实证明他的选择是对的。他愿意花更多的时间查资料、做记录、做分析。班主任也认为他是少有的勤奋认真的学生。其实他就是天生喜欢揣摩各种心思而已。他也有做记录的习惯，日常的事情、生活都被做了记录。他无数次和我说，对于心理学来说积累是最重要的，而记录就是一种积累。如果能将一辈子记录下来，一定是一笔可观的精神财富。说这些话的时候他总是一副略带神经质的亢奋神情，我则把它当作恋人间互诉衷肠的一部分，很多事情其实在最初就埋下了伏笔，我们通常却总是在快要结束时才知晓。想清楚了这些，就明白一切都没有什么好埋怨的，所谓自己铺路自己走……我母亲自从知道他的存在，就积极地邀请他吃饭，殷勤得都让我妒忌。本来只是最简单的一顿饭而已，谁知他却推托了，说他没有想好，而且已经习惯了和我这样没有目的的相处。我没有说话，尽管生气、尽管不甘心这样的局面，但又怕一冲动，真的毁了已经铺了一半的通往婚姻的道路。我们只有沉默着，时间越久我就越难过，觉得自己所托非人，终于开始哭泣，他犹豫了很久还是把手放在我背上。大约想通过抚摸来平息哭声。可没想到手一碰我，哭声反而变得更大了。仿佛在不经意间触动了什么开关，使眼泪变得顺畅了，最后我整个人开始趴在他怀里号啕痛哭。其实我并不知道自己为什么会哭那么久，只是难过，像小时候才有的难过。后来，在他的日记里我看到他当天的揣测：

"他写道——凭专业的知识明白自己并非这场痛哭的情绪里唯一的主角。一定还有别的什么。人们总是这样，由一件伤心的事想到另一件更为伤心的事，一波推向一波。但，在现场的只有我，这就是所谓的目击者。后来，我突然想到了'转移注意力'这个心理学里最基本的方法。在这么小的空间里还有什么能转移她的注意力？当然只有性。不知道为什么，居然倾注了比平时还要多的柔情在她身上。或许女人的眼泪让一切看起来有些脆弱吧。在做爱的某个瞬间，我突然有种要崩溃的情绪，自己也想哭，想大声地哭。那一刻似乎有些离不开这个女人。"

小奈突然停了下来，云凌以为是因为难过，于是把桌子上的纸巾盒往她面前推了推。小奈却说：

"没事儿，都是过去的事儿了，你的时间可以吗？"

云凌看看墙上的表，今晚只有她一个人，离下班还有一个小时。

"没问题，下班后打折半价，你可以敞开聊。"闲散的不紧不慢的时间适时激发了云凌的幽默。

小奈点点头，继续说着……

四

"日记是后来的事儿，还是先讲那天，那天我并不知道他曾写下那些所谓真实的想法，只感觉哭泣后彼此更亲近了，而他也终于答应去见我母亲。母亲晚上却嘱咐我以后晚上别回她那儿睡了。说怕人家觉得娘家太事儿，不好处，耽误了我们，她说完，我觉得嗓子里突然堵了一块东西。我说，不会，连这都嫌还怎么结婚。她竟然很认真地说：'男人有时候也在乎这个。就好比他要是和他母亲太好了，你也不舒服一样。总觉得是别人抢走了你的东西。这不算什么，只能说明他在乎你呢，你妈还是你妈，多会儿都在这儿呢，可男人呢，能一直等着你？所以，还是先管男人吧，多关心着点人家，人心换人心。你不吃亏。'那晚我特别想和她说些掏心掏肺的话，可是说不出口。我母亲年轻时据说是个美人儿，认识母亲的人头一次见我，总说：'你可没你妈漂亮。'母亲呢？只是笑，一点儿也不反驳。小时候我特恨她那种表情，会觉得她在炫耀自己，都不肯帮我解释解释，也是因为长相的缘故我和母亲的关系远没有和父亲那么好。平时，偶尔会缠着父亲的胳膊撒娇，却从来不肯和母亲的身体挨近一点儿。现在懂事儿了，想和她亲近了，却发现根本做不出那种和亲密有关的动作了，无比别扭，我只能用听她说话这种行为来表示我的感激，这真是特别傻的一种办法。我带男朋友第一次回我妈那儿，她提前一天就开始准备，腌翅尖、腌肉，一边干活还一边哼歌，很久都没见她那么高兴过。第二天见了面不停地往他碗里夹菜，除了夹菜就是笑眯眯地看着他。

"我妈那种笑无论谁见了都会很受用。它能让你明确地知道自己很受欢迎，而且是中心。他说长这么大还从未这么高兴过、受宠过。从来没有人这么把他当回事儿。一桌子的菜，摆在那儿，就等着他吃，只要看着他动筷子，我妈就很高兴。打心眼里我妈也确实觉得他不错。都说女婿是半个儿。一辈子她都没有个儿子。她想把他当儿子看了。我母亲骨子里是个热络的人，从来都是一副热心肠。无论遇着什么人，总是先一门心思地对别人好，实在不行了才会关了门自己反省。但再遇着事，总还是一样的态度。一开始，她也想把我前夫当自己儿子看，因为前夫总是很客套、很冷淡。那种距离很快让她清楚，他们只是外人和外人的关系，连朋友的情分都没有。可是他不同，眼睛里的留恋让她觉得他就是自己的孩子。吃完饭，他起来要去洗碗。被我妈叫住了，让他上我那屋看书聊天去，还说，穿那么干净的衣服哪能洗碗呢？说着自己麻利地把碗摞起来进了厨房。我之前说过他是那种很会讨人喜欢的人，我妈前脚进他后脚也跟着进了厨房，帮着放水，递碗筷。这样一来，我妈更觉得他好了。至少不娇气。人都是这样，说归说，心里总还是有另外的念头会冒出来。该做和不该做之间并没有明确的界限来划分。做了不该做的，有时候往往会更讨人喜欢。这一点，他天生就懂。他陪着我妈有一句没一句说着话。他们聊的时候，我在自己的屋里翻着书，但耳朵和心思都在厨房里。那天，我有些像个外人，什么都不用我参与。但这一切又分明都是为了我。没有想到，他和母亲居然处得这么好。比前夫在的时候要好得多。家里根本不用我来打任何圆场。我踏实极了。再醒来的时候，客厅里不断传来他爽朗的笑声。不用细听也知道他又在说那些心理游戏。母亲显然很喜欢听他讲，不时也笑着。好一会儿，那个故事才算讲完。他过来问我：'睡得好吗？'说他洗碗出来我就睡着了，睡了整个下午。对我曾多次和他说过的失眠感到不相信。我也不知道自己怎么就睡着了，本来还听着他们说话，后来突然就睡了过去，而且是熟睡。离婚后，除了做爱，没有什么能让我一下子就熟睡过去。但那个中午却睡着了。从那天起我像是变了个人，开始不分场合地嗜睡，睡眠突然良心发现似的，对我好得不能再好。

　　"还是母亲觉出了不对劲儿，问我是不是有了。我说，怎么会？母亲很肯定地说：'不对劲儿，真的不对劲儿，查查吧，我怀你的时候，就老想睡，怎么都睡不够。连坐着也能睡着。在单位开会，开着开着就睡过去了，闹得人老笑话我。后来才知道是怀孩子了。女人刚怀的时候，多数都会想睡觉。'她越说越像，我呢，完全不相信，怎么可能呢！结婚三年都没有怀上，现在这么快就怀上了。可能吗？和前夫离婚后，我一直觉得自己不会再怀孕了。所以根本不避孕，他问，我只是说，'别管了，保证不会怀的。'如果那么容易怀，我也就不会离婚了。见我一直摇头，我妈又让我转一圈儿，还念叨说，一怀孩子，女人

161

的身子就开始往后仰了。转完，她很肯定地说，身子有点儿后倾了。又拉着我坐下嘱咐我，什么头三个月最容易流产，别抬手够高处的东西，也别从低处往起拿重的东西。说了一大堆，好像我真的怀孕了一样。当时，我觉得她逗极了，一定是想小孩儿想疯了。开始劝她别瞎想，她竟然急了，开始冲我凶：'瞎想？我是瞎想吗？你看你瞌睡的那个样子。和平时一样吗？你知道孩子多重要吗？这要是一不留神再没了，你去哪儿后悔去！哪儿都不许去。明天我和你去检查。'说完直接起身把门反锁了。这太不像她一贯的做法了。以往再大的事儿，也只是说说而已，不会真的动怒，更不会强求我。过了一会儿，她抱了两个大枕头放在我腰那儿，让我靠着。还告诉我，腰不要吃劲儿。第二天出门母亲一路都紧紧拉着我的手，她的手很硬、很暖和，被她握着我踏实极了，像一下子又变回了小时候。结果和她想的一样，我真的怀孕了。"

"啊？是吗？太好了。"

云凌松了口气。

"我第一时间想要告诉他。"

云凌点点头表示赞许。

"他的宿舍离他单位很近，但离我住的地方很远。打车需要走四十分钟左右。而且还是不堵车的时候。遇着堵车就更没准儿了。我只去过一次。和所有男性单身宿舍一样，又脏、又乱。东西扔得哪儿都是。而且还什么都没有。我不知道他每天是怎么在这儿住的。去过一次之后再约会都是在我那儿，躺在我的床上，他常常说会有一种成了家的错觉，还说，怎么回事儿？这就是家？我心想，这儿本来就是个家。虽然散了，框架总还是在的。很多没有生命的东西也和人一样在一种氛围里待久了难免会沾染上些环境的气味儿。离婚后，很长一段时间我都觉得家里的物品总还是成双成对出现着。因为想给他一个惊喜。我没有打电话，去之前，我一直幻想他看见我的表情，一定是惊讶的，再告诉他就要当爸爸了，那更不知道会吃惊成什么样儿，张大嘴巴？瞪大眼睛？想着他可能出现的傻乎乎的样子，我忍不住想笑。谁能想到那么一个小人儿，等的时候不见他来，不当回事儿了，反倒来了。路上我一直摸着完全没有鼓起来的肚子，希望能触摸到那个孩子的点滴。可摸了一会儿，什么也没有摸到。想到那么个小东西、小玩意儿可以长成有手、有脚的人就觉得有些不可思议甚至不真实。车停了我才发觉已经到了。自从知道怀孕，时间开始过得特别快。好像一眨眼就过了一天。我很小心地下了车。走得特别慢像怕压碎什么。看我的步态出租车司机一定觉得好笑。母亲说得没错是该小心。真的闪失了，我承担不起，也后悔不起。

　　"和我想象的一样，他在宿舍，看样子应该是刚吃完饭。看见我，他显然有些不太相信，眨了眨眼睛，才腾地坐起来问，怎么了？出什么事儿了？我指指肚子说，你要当爸爸了。听我这么说他的眼神竟然迷茫起来，我又说了一遍。见他没动，我过去开始摇他，我以为他是高兴傻了，结果他把我的手从肩上拿开先是盯着墙角发呆。又看着我，很唐突地笑了一下说：

　　"'你不是说不会怀孕吗？'

"我说：'是啊，所以才高兴啊。'

"说完才发现他已经是冷笑了，笑了好几声他才从牙缝里挤牙膏似的说：

"'你怀孕和我商量了吗？为什么要这样？要挟我吗？'

"说完大约看见我脸色不对才又缓和了一下语气让我先休息，他提了暖壶出去打水。我坐在床上整个人是发蒙的，过去的经历让我坚信每个男人都希望有自己的孩子，那天一检查完，母亲就想告诉他，被我制止了。我想亲口对他说。然后亲眼看他欣喜的样子，然后两个人再一起计划怎么结婚。我什么都憧憬过了，却没想到会是眼前的样子。他的态度其实已经够明了，可我还是坐着等他，仿佛他说得还不够直白，过了很久也不见他回来。桌子上摊着一个厚重的本子。于是我随意翻起来。里面有记录工作的，也有记录推想的，因为是按时间顺序记的，很容易我就翻到了我们第一次见面那天，里面写：

6月10日

这是个长着一张猫脸的女人。选择约会的地点比较昏暗，说明她心里在渴望男人。身高一米六二、体重大约五十公斤。皮肤很白，谈吐一般。很小市民。是一个既没有丰富的知识也没有丰富阅历的人。

6月30日

她的身体不错，胸很大、很白、乳头很小，那么大的胸完出乎我的意料，她不仅喜欢我亲她抚摸她，更喜欢我咬乳头，咬乳头的时候下面夹得很紧，会流很多水。她示意我亲她下面，我认真看了看，比较白，不够红润，但是白总比黑要好，叫声有些一般有待提高，和整个人的风格很统一。家里布置得很俗气。当时一定参考了一些流行的杂志或是图片。打扫应该是每天一次。这样平庸的人一般都这样。

8月5日

和她说话可以放松神经，因为她什么也不懂。今天的阳光很好，发现她的皮肤在阳光下有些晦暗。也许年纪大的人都会这样。做爱两次，她感到满足一次。腿一直叉开着像妓女一样。不知道为什么想象她是妓女我会突然硬得很厉害，想插满她，不只身体还有嘴还有喉咙。然后听到她像妓女一样地喊叫，放肆地喊叫，她又毫不羞耻地叫我亲她下面，我很想叫她婊子，但还是忍住了。一切都出于习惯。

9月20日

感觉她没有达到高潮，但她还是叫了，很假，真是婊子。但我喜爱这个婊子，尤其她把腿叉开，让我咬她的时候。今天她说也迷恋我的手，哈哈，手指更灵活吗？还是手指插得更舒服？今天我有些厌恶她的矫情。

10月7日

昨天见了她母亲，人很好。应该是段不错的婚姻。吃得也很好。显得我很重要。这才是我想要的。

"很奇怪我可以记这么清楚吧？"

云凌点点头，不知道是不是该说些话安慰小奈。中间小奈一字不落转述不堪入耳的日记内容云凌有些脸红也有些走神，她想的竟然是宁远和她在床上的情景。小奈一眼看懂她。

"不用担心我，已经过去了，真的过去了。日记就像人身体最隐秘的一个角落，有美好，但也暗藏褶皱、污垢、不堪以及不堪过后的喜悦。每个人都一样。毫无例外。

"之所以记得那么清楚因为我看了好几遍，我不能相信自己在爱的男人眼里那么不堪，事实证明人对不堪的记忆远远比对美好的东西更加难以忘怀。看完日记，我坐在床上没有动，不是不想动，是动不了。他进来看见我仍旧坐着，很平静地说：

"'分手吧，如果你觉得你有什么损失，我可以赔偿你。不过，这是咱们两个人的事。不要到我单位去闹。'

"听见他说话我才慢慢有了一点点知觉，我不记得我说了些什么，事后他告诉我，说我一直在骂他，用各种各样的话，还说我早就厌烦了听他说那些破事儿，最后掴了他一耳光，看着我离去他像看着一阵风，有所动容却丝毫没有意识到该拦住我。看见地上的日记本，刚开始翻的时候他仍旧不明白我为什么叫他疯子，直到看见他写的那些话。他说，吓了一大跳，完全不记得他这么写过，又翻了半天，看见了以前自己和另外一些女人的记录。一样，也充满了厌恶。连他自己也不明白写那些东西的时候究竟怎么想的。他描述自己：

"'看起来很冷静的时候也许很慌乱。'

"这是他在一本书上看到的一句话。他一直认为自己所有的记录都是在很冷静的状态下写的，因为一个刑警最应该具备的就是冷静，他不能相信学了那么久，他原来根本就不适合做心理学研究。你看，他吓一跳竟然也不是因为我，还是担心他自己。

"几天后当他详细和我解释这一切的时候，我瞬间就不恨了，一点儿恨意都没有，有恨说明你还有期望，当一切平铺在那儿，你发现自己根本不在其中你不会再期望什么。我从他那儿出来没有回我母亲那儿，直接回了自己家。一刻都没有休息，把他的衣服、茶杯、被子、一切用过的东西统统装在袋子里，然后下楼放在门口的垃圾箱里才长出了一口气。再回到家，我开始左右环顾着自己的房子。不明白自己居然和一个疯子住了那么久。我只觉得耻辱。那是我第一次清晰地有了耻辱的感觉。

"后来，电话铃响起的时候，我才知道自己又睡过去了。那么难过居然还是睡过去了。我开始想或许对于我来说他也并不是最重要的。母亲在电话里显得很担心。她说已经打过我的手机了，总没人接，打到单位也不在，担心死了，问我怎么又跑回家了，是不是不舒服。又说晚上吃炖肉，让我叫他一起过去。本来我不想对她提这件事，因为不知道该怎么和她解释，但是电话里听她说起那个男人，瞬间就炸了，我喊：

"'别和我提他。'

"喊完挂了电话。

"怀孕以后，我很少和母亲说话不耐烦。检查完的那天母亲高兴得像个孩子。不停地笑着。一回到家就翻箱倒柜给我找小衣服。我当时就想，再也不惹她生气了，从今往后耐心听她唠叨。但那天却一点儿也控制不了情绪。晚些时候母亲来了。我以为我会哭，会发泄出来，可惜习惯是个恐怖的东西，我既不习惯亲近也不习惯哭泣，小时候拥有过的这些东西像是陈年旧事一样已经离我远去了。我只告诉她一切结束了，明天要打掉孩子。她压根没劝我也没安慰我，只是气鼓鼓地提高声音说孩子她养，还说让我别造孽，如果打了孩子，就不要见她了。说完摔上门走了。我从未见她这么干脆过，干脆得有些不像她，原来她远比我想象的要有主意得多，也利落得多。

"第二天下午母亲又来了，和我说了很多话，她说，谁都会有秘密，像我父亲、像她，都有，但并不妨碍他们过一辈子。而且还是很好地过了一辈子。她常常还是会想起我父亲，虽然越来越淡了，但还是比别人想得要多得多。生活有时候是需要适当掩饰的。还说，他也还是个孩子，什么都不懂。人只能分析不相干的人和事，已经进入生活的东西能糊涂还是糊涂些好，因为一句话、一个表情就开始怀疑、开始分析，开始把它们剥开了、揉碎了弄，那不是过生活，真那样折腾没有几个人能过下去。又提高声调说：

"'你永远要比生活糊涂些才能真的过好生活，因为生活永远都比

你精，算计没有用，琢磨更没有用。'

"那是我和母亲之间最认真的一次谈话。

"第二天他过来找我，也说了很多。但真正让我下决心的还是孩子。几个月后它在肚子里踢我了。说到底我就只是个平庸的女人。要的无非是踏实的生活。有天晚上，他哭了，因为喝了酒，也因为我们的这些事。他哭了，抱着我哭了很久。说了很多话，很多讨厌工作、讨厌生活的话。听他还讨厌那么多东西，突然觉得自己并不那么讨厌了。而且，他抱着我哭的时候，的确像母亲说的他还是个孩子。女人，一旦动了情，就总觉得男人是孩子。从那晚开始，我知道自己是真的没事儿了。但我还是常常刺激他，会看他急，听他哄我。"

故事冗长，讲完的时候已经快六点了，云凌一直在认真听，中间尽管偶尔也会走神，大致的故事还是听得很明白。此刻看着记录本，她在想，有多少是真实的又有多少是虚构的呢？可以把生活叙述得这样详细多少会有强迫症的倾向。因为叙述完时女人的身体开始后倾，有了放松的姿态，但和演讲后的人不能马上平息心情一样，她的面容尽管平静，神情却完全是雀跃的、亢奋的。大脑深处应该已经分泌了适量的多巴胺。

云凌在小奈恢复平静的间隙开始组织自己的语言，所有叙述者无一例外都会以为自己的故事最动人、最奇特，讲完会希望云凌可以动容。他们从来不知道，故事永远都是没有尽头的，永远会有人比你更离奇，小奈的故事不过是一个普通的女人在爱情里的跋涉，对中间的一些话，云凌是有感触的，但也仅仅是有感触，那不是感动，而且它们瞬间即逝。云凌和对面曾经坐着的所有人一样也是会习惯性地以自己为中心画一个圆，然后以离自己半径的远近来调控喜怒哀乐，同时也判断是非曲直。但是就像小奈母亲说的世上很多事、很多话都不是能清晰说出来的。能直抒胸臆的除了小孩儿和疯子，剩下的一般都是一些自以为是的人。你活得越久越会明白话语对人的伤害丝毫不比刀子差，只会更锋利。一样的，做咨询越久她也越谨慎，不会轻易像江湖郎中一样去揣测来访者的心思，很多时候放慢速度，时间会让一切看起来更好。只要一开始说话语调就会缓慢得像是一汪清水。

　　"你的故事很动人，至少它打动了我，很喜欢你叙述故事时从容的样了，特别好。你先说一下需要我做什么，然后我们再沟通。"

　　听到她说话叫小奈的女人离开椅背恢复了讲故事时的姿态，然后看着云凌摘下了墨镜和披肩的假发。

分享秘密

一

面对摘下假发、墨镜，理着寸头的"午后"，云凌没有表现出想象中的愤怒，只是抱着胳膊深吸了一口气。其实叫"午后"也好，"小奈"也好，"小惠"也好，就是个人名。没有哪家私人心理咨询室会因为你不提供身份证就不让你进去，咨询室又不是银行，何况心理咨询室都是要先付钱才可以咨询的，你是张三或李四没有什么区别。云凌只是不明白"午后"这样大费周折装扮成三个人要做什么。

第一次和第二次见面还是齐肩的中长发，"小惠"出现的时候因为声音的缘故云凌已经感觉有些异样，但看到那么短的寸头又否定了自己的想法。女人心血来潮改变发型并不奇怪，改变风格却不容易。由于最近和宁远关系的疏离她已经懒于分析这些。

即使摘了墨镜认出是"午后"，也还是很难把她和两个月前那个女人联系起来。剪了寸头的"午后"脸部轮廓更加清晰，却完全没有了之前中长发时的温婉，看起来生硬得像是另一个人。"午后"很详细地和她解释着一切原委，随着下班铃声响起，楼道里陆续传来脚步声。云凌建议下次再谈，"午后"却执着地一定要说完才走，还说可以付双倍的费用。短发的"午后"和那个发型一样竟然变得固执起来，为了避免不必要的麻烦，云凌让"午后"戴好假发先走，相约在"丁丁甜点"见面。

戴上披肩长发的"午后"瞬间又变成了一个时髦得有些妖艳的女人。看着背影消失在门外，云凌长出一口气，同时也知道自己必须去赴这个约。

"午后"对于找她咨询显然已经到了执着的程度，不惜一人分饰三角。一个心理咨询师不断有人光顾本来是件光彩的事，但任何带有执着色彩的东西都是危险的，最终都会带来麻烦，就像现在。云凌必须当作什么事都没有发生过，如果传出去，一个人为了找她咨询而变换成三个人，会让人觉得她有违职业操守，甚至被人诟病她是为了赚钱而催眠了顾客。

经过前台，小姑娘打招呼："凌姐走啦？明天见哈。"她笑着摆摆手，那些小姑娘嘴是真甜，永远姐长姐短的，叫得你一点儿不好意思责怪她们。虽然只是相差几岁，云凌却总有隔代的错觉。

云凌没有想到自己会和"午后"谈那么多，她的本意只是想尽快结束这一切。

出了咨询室再见"午后"，发现和之前任何一次见面都不太一样。当然，或许是第一次在外面继续工作的缘故，如果不是"午后"闹出这样的事，云凌绝不会在外面见自己的来访者。倒不是因为其他，心理治疗需要的是距离，最忌讳的是熟识到没有立场。她尽管只是一个私人咨询室里最普通的咨询师，但起码的职业品质总还是有的。

"丁丁甜点"坐落在城市北面，离商业街很远，因为每周都会推出一刻钟情侣免费甜点活动，所以吸引了很多大学生情侣前来。选这样的地方见面就是希望热闹可以化解掉一些东西，同时也可以避免新的麻烦出现。

"午后"点了一份榴梿酥，一杯青柠汁，见她过来起身冲她点头，又招呼服务员过来帮她点吃的。云凌点了一杯樱桃酸奶，一个乳酪。好像没有了咨询室的格局也就没有了那种说话的氛围。"午后"很安静地侧着头听音乐。"午后"不开口，她不会主动再问什么。她专心吃奶酪，旁边几个学生拍着桌子笑得很大声。

很久，"午后"才说："谢谢你。"说完抿了抿嘴，又看着旁边的学生说，"上学的时候真好，做什么都会很开心，连吵架都是开心的。"

云凌也侧过头看着那些学生，想起学校的那些时光，也笑了。

"午后"捧着青柠汁喝了一口，拿杯子的手纤长白皙。如果只是这样静静坐着丝毫不会感觉"午后"有什么不妥，看着她反而会觉得很安静、很舒服。在"午后"叙述的三个版本里云凌知道一定有些是真实的，但是却想不明白她的意图。如果只是想聊故事实在不需要搞这么复杂，还去剪了头发。

"午后"想起什么，开始从包里翻找东西。是一张身份证。

1978年9月，吴红艳。

身份证上的女孩儿很认真地直视着前方，和现在的"午后"并不十分像。

　　"名字很俗吧？"

　　"吴红艳。"

　　云凌看着身份证念了一遍，"午后"和这个名字比起来，她还是更喜欢前者。

　　"我更喜欢你叫我'午后'。而且你不用怀疑，这个就是我真实的身份，十几年前办的，看着不像是因为比现在要年轻。"

　　云凌奇怪对面的女人总是很容易就看懂她的心思。

　　"午后"收起身份证说："你不必戒备我，真的，我没有恶意，和你一样，我曾经也是心理咨询师，"见云凌瞪大了眼睛，"午后"点点头有些用力地说，"真的，我没有任何恶意，七年前因为生孩子辞的职，其实也不仅仅是因为孩子，后来我发现根本控制不了自己的一些念头，所以很清楚不适合做这个职业，以生孩子为由辞职正好免去了被人看穿的尴尬。和你讲的故事，背景或许会借鉴，但事情都是真实发生过的。过去有些奇怪念头出现，常常控制不了自己的时候，我也怀疑过自己有多重人格的倾向，仔细查过书应该不是，因为我做任何事情自己都是清楚的，并没有那种身体里住了几个人的感觉。也许是为了发泄。我自己分析过很多次，你觉得呢？"

　　谈话到了这里突然就转变成了一场学术讨论，这是云凌没想到的。面对一个和自己同样职业的人，云凌试图快速转换角色，好深入地聊这个话题。

　　她们聊到很晚，直到打烊也没有弄清楚"午后"时常要找人倾诉的症结在哪里。中间她们还聊起了一些奇葩的来访者，因为这种话永远不可能和她们之外的其他人说，而且那个可笑的节点也只有她们才一点就明了。任何事件只有知道的人足够少才有可能变成一个秘密，而分享秘密总能变成人和人之间迅速拉近距离的最好酵素。到分别的时候，她们看起来像老朋友一样难舍难分，甚至开始定下次约会的时间，完全没有了最初的戒备和理智，有的只是分享秘密后的愉悦。

　　一切有些诡异又有些滑稽。

二

　　宁远因为出差嘱咐云凌帮他校对。他临走抱着云凌说，赶紧校对，出了书回来就辞职。一副胸有成竹的样子。

　　这已经不是宁远第一次这么说，书稿每完成一步宁远就感觉自己离专业作家近了一步。宁远已经厌烦了那些一摞摞豆腐块大既没钱又没想法的新闻稿。起初云凌并没有在意他说的这些话，随着他不断重复，云凌开始担忧。尽管自己也喜欢写一写细碎的、模糊的文字，但那说明不了什么，现实从来都是现实，云凌从未有过为了那些字而放弃工作的念头。她像是唱片的AB面，一面浪漫多情，另一面理智冷静，它们分属不同的时间和空间，从来互不影响。她不明白最需要养家糊口的男人竟然会为了一个兴趣为了一时的痛快决定辞职。本来他们的感情已经让云凌心生疲惫，现在一想到这个男人竟然这么任性，即将要把她拖入毫无前途可言，并且暗淡的前景中，便有更多的无望升了起来。

在度过最初从身心到情绪都只有宁远的那段时间后，云凌开始进入恋爱的第二阶段：时常为他们感情付出的不对等、不平衡而深感委屈。

当钱的问题随着时间的推进也涌入他们生活的时候，云凌才发现对钱的焦虑很容易转变成对现实的焦虑。回想起宁远和他朋友小军的每次饭局，最后，其实都会落到钱上。会为了钱狂想，为了钱骂人，也会为了钱在心里盘算到底该谁付那顿饭钱。

为了不让晦涩的情绪继续延伸，晚些时候，云凌打开了书稿和那本日记开始对照着看。这也是她第一次完整地看这些东西。日记里夹着的黑白照片像宁远描述的一样：干净而整洁，嘴角微微向上，脸庞纯净得像是初春叶片上的水滴。看着那样一张脸，的确很难不让人心生羡慕，而且也会让人在瞬间心无杂念。书中这样描绘：

抬头看母亲的时候，母亲正眼眉低垂。家里只有母亲和父亲结婚时的相片。母亲少女时的照片一张也没有，他从来想象不出母亲还是女孩儿时的模样。那天看着照片里的少年忽然就可以描摹了，但也仅仅是描摹，他依旧想象不出青涩的母亲究竟会是怎样的神色。同样的，他也很难想象照片里的少年老态龙钟的样子。在那样一个比花还要灿烂的年纪死去，唯一让人不感伤的就是他永远不会老去，也永远不必担心容颜的衰败，更不必担心世事的变化下，脆弱如人心般反复地折叠。他即使曾经有过煎熬那也是玫瑰花瓣芬芳的煎熬，不会像走过一生的人一样，用沧桑磨砺自己也磨砺别人，直至面目全非，老得连自己看了都难过。更不会在时光里让自己萎缩变小。因为不必老去，他也就妥善地保留了他的体面……

看着宁远描述母亲和舅舅的字句，云凌的心紧了一下，像是印证某种消息，又像是被猜中了心思。

宁远原来也是怕衰老的，而且那么在乎，否则也不会花那么多篇幅来描述、赞叹死去的舅舅如何躲过了衰老这一劫。人真的奇怪，像"午后"故事所叙述的一样，自己厌倦了一切，心如死灰还是次要的，重要的是你发现对方比你还要厌倦，还要心死。在宁远短暂离开这个城市的夜晚，他并不知道云凌的心又一次沉入了无望的黑夜，而且比过去任何时候都要更彻底。

一周后，云凌主动约了"午后"在蓝山咖啡馆见面。她们延续了上次谈话的模式，热衷探讨一切语言和事情背后隐藏着的东西。在不断交谈中，她们尝试着一起梳理云凌的生命过往。"午后"说在云凌成长过程中父亲的中途缺失带给了她很大的不安全感，因而男人的出现总让她在无限渴望美好的同时又深感担忧。对此，她自己心知肚明，却又努力掩盖这种不安。云凌没有点头，而是陷入了对过往长久的回忆中。奇怪，认真地回忆，父亲却模糊了。

一个小时后，云凌的情绪终于平复，她开始认真向"午后"叙述她的困惑，当然也提到了钱带给她的困惑。——拆解下来，对钱的困惑依旧是云凌掩盖不安的一种方式。最根本的是她对爱情依赖于多巴胺的分泌这样一个理论深信不疑，没有了多巴胺的爱情也就不再是爱情。是什么？婚姻吗？如果一切最终会淡去，那她现在如此纠结就变得毫无意义。但是，人懂得是一回事儿，做到是另一回事儿。云凌承认，当想到最终走下去两个人还是会毫无爱情的时候，会生出干脆找个不爱的，经济条件更好的人在一起的念头。那样，至少是安心的，至少结果是已知的。对于已知的，结局即使再糟，人的承受力都会强一些。但每次说服自己离开宁远的时候，云凌又会无端开始不舍，无论不舍的仅仅是怀抱也好，惯性也好，不舍就是不舍，很难压制下去。可平静下来真的下决心和宁远就此终老，又觉得没有足够的信心可以支撑自己走下去。

"没有办法，我从来就不是一个飞蛾扑火的人，我做不到以毁灭自己来成全一段爱情，也不甘心因为安全而一直躲在黑暗里。光亮我要，但不要万劫不复。"和"午后"聊到快到中午，云凌终于大致梳理出了自己的思绪。

"午后"听她说完点点头。"终于清晰了，知道要什么就好，也就是说，宁远你还是想要，但不打算马上过日子，对吧？"

云凌迟疑一下点点头说："是没信心面对以后。"

"没信心其实不是问题，问题是你在等那个节点，你要确定自己究竟是走还是留，你的性格不至于飞蛾扑火，但也绝不是模棱两可的人，否则你不会这么纠结。"

云凌连连点头。

"所以，现在我们要做的就是找出这个节点，在你们关系里你最怕什么，最不能忍受什么，那个就是你的节点。"

"关系变淡、没有激情或者变心。"

"变淡应该已经发生了吧？男人的情话、殷勤一般仅限于和女人上床前，你见过钓上鱼还继续喂鱼饵的吗？"

随着聊天的深入，"午后"开始展现她幽默利落的一面。云凌常常被逗得哈哈大笑，这么多年没有一个人能和她这样聊天——既透彻又睿智还安全。多数的时间都是她在听别人说，在解决别人的问题。其实，只要活着谁会没有问题呢？只是说与不说的区别，她发现自己有些喜欢"午后"了。

"别笑，这是真的，所以现在要试探的就是变不变心。""午后"继续帮她拆解，"怎么试呢？第一，可以找个人，美人计嘛，你懂得。"见云凌摇头，"午后"继续说，"第二嘛，需要演一出戏，苦情戏，看他能多久忘记你……"

为什么不用美人计？云凌很坦然地回应"午后"：

"柳下惠从来就没有，不动心、不发情只是那个女人不值得男人动，仅此而已。筹码足够，诱惑足够，谁都会往前一扑的。那些高大上的托词都是狗屁，都是男人在给自己打粉底。"说完她和"午后"一起哈哈大笑，说粗俗的词真是一件过瘾的事。

"那就看他多久能忘记你，出走吧娜拉，出走一次试试看，看看男人真正的心意。""午后"的语调平静却极富鼓动性。

云凌竟然升起了已经久违的对未来的憧憬。

或许吧。

走吗？走吧

接下来的一个月，云凌按照和"午后"商量好的一切开始着手准备。先用"午后"的身份证新买了两张电话卡，一张自己用一张留给母亲。怕母亲记不住号码，特意写在日历的背面，嘱咐母亲如果给她打电话一定要用新买的卡打。看着母亲有模有样给她演练台词，云凌很意外。原本以为母亲会反对，谁知说明了出走的缘由，向红不但不反对，还对即将上演的一切有些跃跃欲试。

母亲练得已经很熟练，云凌说："记着，一定不要急，就当什么都没发生。即使他们对你产生疑心盘问你，你还是要像之前一样镇定。你镇定的表现在心理学上完全讲得通，人太过悲伤的时候会产生强迫性相信或是遗忘，会停留在自己营造的想象里。况且，如果他们去调查会发现你本来就是一个乐观的人，既然没有任何迹象，那么相信自己女儿没有失踪，只是出去散心也是说得通的。记住尽量不要直视他们的眼睛，可以看对方的鼻子、墙，什么都可以，因为专业人士的直视你根本受不了。还有，与宁远不要过多接触，免得他问多你说漏了。"

"不会，你妈演技好着呢，这算是圆了你妈年轻时想当演员的梦了。"向红又自言自语，"过去我怎么就没想到这一出呢？用这个来试男人。"

"午后"最初反对云凌母亲参与进来,既然是秘密那知道的人越少越安全。但云凌很清楚不让母亲知道这一切的后果:一旦警察找到母亲询问,母亲肯定会崩溃。那样的话戏根本就无法演下去,她不可能为了一个男人而伤害母亲。有那么一刻,她也担心过宁远。"午后"冷笑着:"放宽你的心吧,伤心一定会,但绝不会为你自杀,云南的蝴蝶谷听说过吧,殉情的地方,下去你会发现一对对用麻绳绑在一起的尸骨,知道为什么吗?因为不绑,那跳下去的就只有女的,男的往往临时会退缩,所以为了不让男的逃脱,聪明的会绑在一起跳。"

　　听"午后"说完,云凌笑到不行,但想想也没错,是这么一个道理,她能想象出母亲失去她崩溃的场景,却难以想象宁远为了她会活不下去的场面。"午后"为云凌的出离设置了一年的期限,原因是人的惯性养成需要二十一天,忘却也一样。经历至少十五个二十一天后,如果还没有忘,还留恋,那就真的不会戒了。"午后"用了"戒"这个字。她说,饮食男女、美食情色都一样,如果能戒,那就说明并不热爱,哪怕是一种爱好一种特长也不是那么容易戒的。还问云凌,不会自己先戒了吧?云凌笑得很彻底:

　　"如果两个人里一定要有人戒,那我宁愿是我,戒了就不难过了。"

另一段生活

一

　　云凌拿着"午后"的身份证过安检的时候还是闪过一丝紧张，心里一直默念"吴红艳"这三个字，生怕询问的时候因为生疏而露出破绽，那样，心血就白费了。对面的男人只是扫了她一眼直接在票上梆地盖了个戳。然后进站、等候、上车。火车缓缓开动，云凌才拿出电话分别给母亲和"午后"各打了一个。

　　十几个小时前她还被宁远抱在怀里，如果不出意外，宁远后天就会给她打电话，会去找她。想到他或许会发疯地寻找自己，云凌有些担心也有小小的后悔。对于这样的出走，她想象不出宁远将怎样面对。临走床上特意扣了一本书，房间也都是平时的样子。咨询室的记录扉页也特意加了行小字——渴望一场说走就走的旅行。一切线索都希望大家认为她是出去散心了而不是失踪了。她知道宁远一定会报案，警察也一定会调查，只希望不要更多关注她。

　　和"午后"已经说好，回来销案就说身份证是有一次吃饭落她那儿的。一切只是一时兴起而不是有预谋。任何时候，和预谋挂钩都不会是一件好事儿。这个她懂，"午后"也懂。

183

车窗外风景快速倒退着，像是过往，眼看着就被远远地甩在了身后。而新的生活即将在几小时后的另一个地方重新展开。

"来吧，一切的一切。"云凌闭上眼在心里说。

接云凌的女孩儿是"午后"的朋友七七。七七单身，住在一个六十多平方米的房间里，因为是用木板隔出了里外屋，所以并不隔音。原来的格局应该是里面住人，外面会客、吃饭。云凌到来后七七指着里屋电脑和一大堆配置特别不好意思地说：

"不好搬，只能委屈你住在外面沙发床上。"

云凌不断道谢，从心里她既感谢"午后"也感谢七七，没有她们，她无法想象一年的时间自己要待在哪里。很快，云凌发现七七常常整夜地在电脑上敲个不停。

七七淡淡地说："打游戏好几年了，键盘在两年里换了三个。电脑不断地升级组装，买配置的钱足够再买三四台崭新的电脑。但，就是不肯买新电脑，呵呵，我是这样的人，用的东西不到气数完全尽的那一天绝不肯轻易扔掉。"

七七白天的身份是小老板——开店给人穿饰品珠子。就是大街上随便哪个女人都可以戴的手链、项链、耳环之类的东西。一个月后云凌也可以在一分钟之内穿好一个戒指。当然是那种式样很简单的戒指。每个店里都会有一些固定的顾客，七七的小店也不例外。她们多数都很时髦，是那种稚嫩的时髦，像刚学识字能看懂书本的小孩子一样，无论对什么都装着很懂的样子。七七说珠子是进口的水钻，她们马上就能接着说是施华洛世奇水钻，边说还边眯着眼对着灯光看半天，显出十分在行的样子，好笑却又稚嫩可爱。其实所有的珠子都是从另一个不远的城市，以很便宜的价格批来的，那里根本就没有什么施华洛世奇水钻。人不多的时候她们有一句没一句瞎聊，等着最后关了店门一起去吃些东西。七七说，她和"午后"从上小学开始就在一起。小学、初中、高中。大学短暂地分开了几年，但一放假还是会每天泡在一起。如果有一段时间不见面，她们都会有些想念对方，但见面的时间连续超过两天，又总是以吵架的方式来结束。

"怎么讲，我们有着许多共同的记忆。我常常想，如果有一天我们其中的一个失忆了，那另一个完全可以帮她找回记忆。或者，什么时候发觉早年记忆有出入的时候，完全不用去回忆，只要和对方面对面谈一谈，一切就能顺手解决掉。甚至都不能想象有一天我们会失去对方，那样，生命里前三十年的时间就好像从来都没有存在过一样。即使存在也被打了很大的折扣。一个人无端地在你的生命里占有这么大的比重，其实也是很可怕的事，仿佛时间有了重影，事件有了备份，一切都不再是单一的。我俩过去一直很腻歪。"七七很瘦，常常会习惯性耸肩，耸起肩的时候锁骨深得可以放下一只鸡蛋。

七七常喜欢带云凌去一家水煮鱼馆。那里老板娘说话的声音听起来很像唱歌，尾音拖得长长的，末了还要拐那么个小弯儿。碰到熟客来找人，笑着的老板娘一边理着账单一边拖着尾音唱："找哪个嘛？我哪能看见啊？每天来那么多的人，我哪里能个个都记得住，那不成神仙啦，那我还用辛苦做饭店干吗，直接自己印钞票好了，我只能记得住你……"

末了的那个"你"字喊得又长又甜，问话的人听了高兴得嘴巴快咧到腮上去了。

七七有一次忍不住哧哧笑半天，问云凌说："哎，你说她到底多大了啊？"

云凌扭过头看了老板娘一会儿，很有把握地说："四十五左右吧。"

七七夹了一大块鱼放到嘴里嗫了一会儿，等到把鱼骨从嘴角麻利地吐了出来才说："那么肯定啊？"

"当然了，这是有依据的。"

云凌开始一本正经地解释："只有这个年纪的女人说这样的话才让人有热乎乎的感觉。太小了会让人觉得过于油滑，太老了又容易让人觉得轻佻，只有四十几岁的人经了世事，又掺杂了岁月，才变得软乎乎、热腾腾，看着、拿着都不硌手。经了世事的女人才是女人。一个女人经过了婚姻、生了孩子才算是经了世事，你知道吗？"

"你结婚了吗？"七七问。

"没啊。"

七七耸耸肩笑："那你说得那么肯定，像结过似的。"

"你不知道我听过多少关于婚姻的故事，比电视剧长多了，当然也更扯。"她们聊天几乎是从一开始就自来熟，七七说是因为有"午后"这个媒介。见了七七才知道"午后"是吴红艳的一个外号——下午的皇后，至于为什么是下午，七七说，肯定是还有上午皇后呗。七七喜欢穿领口大的衣服，长脖子毫无遮拦地戳在那儿，衣服下面连胸罩也没有戴。她总是说，懒得戴，这样子舒服。偶尔，也会用纸巾在脸上按一按，把脸移到云凌面前眯着眼说：

"哎，你看我的毛孔是不是很大啊？"

边说还边用手把脸上的皮肤往开撑了撑。云凌很认真地在她脸上看了看。旁边那桌上几个打扮很入时的姑娘不时发出爆笑声。一些香粉味儿混杂着麻辣的味道也一股一股地飘过来。她们看起来都很年轻，皮肤在衣服下绷得紧紧的，随时都像要胀开的样子。云凌看七七脸的同时，她们又发出了爆笑声，和鞭炮一样，噼里啪啦响，让人不能不驻足。

七七斜了她们一眼，有些淡淡地说："不知道为什么，看着她们会觉得很烦、很乱。太闹了。"

"嗯，有点。不过，没有烦恼无忧无虑也不错。一看就还没学会忧虑呢！"

云凌把最后的一口米饭扒进了嘴里，同时眼神里或多或少有些羡慕飘了出来。在这个城市云凌已经渐渐习惯了和七七相处，也习惯每天去店里穿珠子。晚饭后两人一起回去，她看书，七七开始打游戏互不打扰。七七脖子里总是戴着好几串珠子，但绝不肯戴任何戒指，她怕打字碍事儿。偶尔，晚上她们会聊天，不一会儿七七就开始打哈欠，推说要睡觉。只要再坐在电脑前，七七立刻两眼放光可以敲一宿键盘。

对七七而言似乎眼前屏幕远比现实更诱人，也更真实。

二

七七长得很高，有一米七。女孩子长这样的个子实在算很高了。她和云凌说，有一次相亲，谈完了情况她一起身，那个男的就愣住了，半天没有站起来，后来一站直才发现和她一样高。但实际的情形是男人和女人一样高的时候，看起来会比实际还要显得矮很多。七七说："那个人连我的脸都没有看清楚就慌张地走掉了。"

说起这些相亲经历七七的眼睛会突然地大睁一下，但也只是睁一下而已。多数的时间里她的眼睛都半眯着，一方面因为眼睛长得有点肿泡，更多的原因是她懒得往大了睁。所以即使是很熟的人说到她，也很难想起她眼睛到底长什么样儿。不过，七七眼睛的含糊不清在嘴上得到了全部的弥补。七七的嘴就像拿刀子从木头上旋下来似的，长得既有棱角又颜色分明。也许因为太棱角分明了，使整个脸看起来严肃而生硬，毫无美感可言。七七不止一次说，她的长相如果放到男人脸上那简直是比木村拓哉还要帅。不过，七七虽然不漂亮，看久了却会生出另外一种味道，很像那种本色的白布压了隐隐的花，有阳光才能折射出细小的凸起，让人总想凑近细看个究竟。

云凌一直担心自己的到来会给七七带来麻烦，七七却说，不会，不会，多了一个伴儿呢。时间久了云凌也发现，七七的确没有什么朋友，打电话的多半是要去她店里穿珠子的人。店面的玻璃上贴着七七的电话，基本上随叫随到，有几次穿珠子一直穿到晚上十一点。回家的时候，七七会挎着云凌的胳膊说些甜腻的话。会说，你来了真好，要不我还得一个人回家。云凌没有过姐妹，除了母亲还没有和其他女人这么亲近过。每天和七七这么说着闹着忙着，没有了咨询室，不用再听来访者唠叨，她的心情突然不再像过去那么阴郁了，也很少会无端生出什么情绪来。

半年的时光一晃而过。

每个月初，云凌都会给母亲和"午后"各打一个电话报平安。"午后"和母亲则是有任何消息都会随时打给她。从最初宁远的报案到出书到关于她的节目的热播。

关于自己出走后宁远会怎么办，她有过多种设想：

宁远会发疯一样找她，然后终于找到了母亲，母亲或许会被他的诚意打动，直接告诉宁远她的新电话，然后一切快速结束，但是这也是最圆满的结束。他和她抱头痛哭，像世界末日来临前一样无比珍惜彼此；或者宁远因为她的出走而郁郁寡欢，不上班、不见人，那么她听到消息一定会第一时间跑到他面前抱紧他……或者是找寻无果然后报案，但是一直一直疯狂地寻找她，在电视台播寻找她的启事，面对镜头深情地说，你在哪儿？我的爱人……她设想过无数种情景……

可是——

宁远居然在第三天晚上就报了案，甚至没有下功夫寻找过她母亲的

189

电话就报了案。"午后"在电话里表达着气愤，云凌却淡淡地说："知道了，挂了吧。"

挂了电话云凌感觉到心脏被一只手抓着一下一下挤压。她只有使劲儿呼气才能让自己不哭出来。后来，她蹲在地上发现抓心脏的那只手又开始拉扯胃。痛，还是痛，最后，她发现手痛，才看见手心已经被自己另一只手掐出了血，掐掉一小块皮。

有什么了不起呢？才这么快她就找到了最好的方法——治愈心痛只要让皮肉更痛，心马上就不痛了，快速而且有效。最初的两个月一想起宁远就会痛，她需要用力再用力才能止痛，后来，不知道因为忙还是什么，无论是"午后"电话里说起还是她主动想起宁远，痛都变得钝钝的，隔了皮肉、隔了锋利。

有次"午后"打来电话让她看电视，说有宁远的签售会。她用遥控器找了一圈又一圈以为是自己错过了，很久才突然想起她们那里只是个很小的地方台，出了省根本就搜不到。握着遥控器她竟然笑了。每个人都会不自觉地以为自己很重要，无论他还是她，其实芸芸众生中重要的会有几个呢？对个人而言所谓重要不过是一时一刻的事儿，即使是对世界这样宏大的场面而言，重要的、能留下的又有多少人呢？有多少人在当世努力热闹，费劲儿跟风，用尽全力把自己弄到电视上、报纸上，那样费尽心思想要证明他活过、他来过，更有甚者总以为他是努力在为世界留下什么。结果呢？世界真的需要吗？当然，很多人会觉得，你看，这本书不是提到我了吗？这个影像不是留下了吗？真的如此吗？如果你真的这么认为，那只是因为你活得不够长，或者说活得再长也没有时间长。一样的，一段关系里，总以为一切可以永恒，能看到永恒或许只是因为这段关系不够长。因为早早死了，所以罗密欧、朱丽叶就成了永恒成了典范。

母亲打电话来说因为她的缘故自己上电视了，还说很多人夸她漂亮呢。云凌在电话里耐心地听着，她完全想象得出母亲眉飞色舞的样子，没办法，母亲就是这样容易开心的一个人。但对云凌而言，离开了过去的生活，一天天在这个城市过下去，内心竟然对过去有些淡了。"午后"电话里时常会带来宁远的一些新消息，她只是认真听着，宁远逐渐变成了和她并没有那么大关联的一个人。"午后"说，云凌算是宁远的贵人，这么一走竟然把他的书带火了，问云凌怎么想，云凌说：

"无所谓，任何事件里大家都是各取所需，没什么不好。"

她已经一天一天活在了另外一个城市的现实里。

最让云凌感动的是七七竟然为了陪她没有回家过年。

大年三十七七没有再敲电脑，而是披着被子和她在沙发床上挤了一宿，十二点前七七说，守岁、守岁，守到百岁。说完仰起头看着天花板大笑。笑一会儿七七眼睛瞪得溜圆训她：

"哎，守岁，怎么能不大笑呢，来，来，来。"说着开始胳肢她，成年后云凌还从来没有那样大声叫过，喊出来的感觉真是太好了，喊得嗓子都哑了。

"痛快吧？"七七问。

"痛快。"云凌的声音依旧高得吓人。过年期间还谈妥一件事就是装修七七的店。云凌给七七看了很多店铺的图片，建议七七再多进些银饰，珠子也要进些更好的，石榴石、青金石之类的，那样生意会更好，在她的鼓动下七七终于动了心。她们先是直接在水泥地上铺了层复合木地板，又定做了几个半人高的柜子和一面大大的镜子，柜子里和原来的旧柜台都用黑丝绒包了起来。包丝绒的那两天七七出去进银饰，她和工人加了一晚的班才包好。为了给七七惊喜，一早她就去摆柜台，尽管只是些旧珠子，但被黑丝绒那么一衬，还是看着高档了许多。七七从进店嘴就没合拢过，后来挎着她的胳膊一直说她真是太好了，太高大上了，会膜拜她，说着就开始半蹲着逗她。云凌看着自己布置的一切也感到特别满足。一个月后，七七神秘地让她猜赚了多少，她摇摇头。

七七比画着："两万。"说完自己先猥琐地笑了半天，才抱着她的肩说："怎么办？我现在是有钱人了。怎么办？这么下去，我就该买楼了，姐这么有钱可怎么办啊。"七七开始无限演绎情绪，又唱又跳，搞得好像好多人在一起一样。过了几天，七七突然说起了"干物女"这三个字。那天下午整个的时间她都在说个不停，甚至还给云凌做了测试。最后的结果：云凌也是具备干物潜质的人。

七七笑了，嘴张得很大，可以清晰地看到不久前补过的那个牙齿。同时，身子也很厉害地抖动着。不知道为什么云凌后来也控制不住地笑了。其实，她觉得一点儿也不好笑。

"干物女"说白了：无非是一个对什么也没有兴趣的人，不竞争，不交际，不恋爱，只想待在家里，然后喜欢一些虚拟的东西。现在，每天都有大把大把的新词汇铺天盖地地洒下来。一定要往身上套，云凌觉得无论哪个都合适，如同有些衣服，一定要穿也没有什么穿不出去的。

七七像个找到了事实依据的人，抓着"干物女"这几个字不断地咀嚼。然后很麻利地套在了自己的身上，后来简直是越看越合身了。从那之后，七七对任何事情真的就越来越没有兴趣，包括结婚，包括穿珠子。虽然云凌刚见她也觉得她对周围的一切没那么大的兴趣，但绝不像现在这样彻底，这样不管不顾。

云凌刚来的时候，七七也说起过她老家，说，因为镇子小的缘故相亲在他们那里其实是一个人扩大交际面的另一种途径。当然，做什么都需要分寸，要把握好火候。相亲也一样。只有把握得好，才能成不了夫妻成朋友。在他们那里，人这一辈子，能见的也就那么几个人，都是你见了，我见，我见了，她见。大家见的都一样。一轮下来，没和自己成了鸳鸯倒和熟悉的人成了夫妻。如果一个人婚结得晚，那他势必就把镇子里面条件差不多的女人，从二十岁到三十岁的，都见遍了。这是肯定的，丝毫不用怀疑。这也是迟结婚唯一的好处——可以认识足够多的人。这么多的人只要有一半和你成了朋友，那么你在这个镇子里有个什么事都不用再两眼一抹黑了。不知道是不是方言的缘故七七说话总是能搞得很幽默。

离开宁远后云凌才知道她需要确定的并不是变不变心那么简单。离开原来的环境尤其是每天看着七七，更多的时候她开始回想自己。人就是这样，从别人身上总是很容易看见自己的影子。尽管她们完全不像。七七对于婚姻的态度很肯定，她说："碰吧，碰到了就结。碰不到就一辈子单身。"说完耸耸肩看着云凌笑。

七七还有一个习惯——无论起得多晚总会在阳光里伸展双臂，伸展的时候头向后仰着似乎随时准备起飞。云凌有些好奇，七七讲她想像鸟一样飞起来的念头最初萌发于一个早晨。那天不知道为什么她居然起早了。站在四楼过道的阳台上，边呼吸边张开了双臂，最后还把头就势往后仰了过去。那一瞬间，她有了想飞的冲动。觉得自己往下一扑就能飘飘然地飞起来。再以后，当然就变成傍晚了——因为她后来再也没能像那天一样破天荒地早起。一有空她就会站在阳台那儿闭着眼睛试着把身体往前倾。不过，倒是从来没有掉下去过。学校阳台的栏杆有一米五那么高。不用说往前倾不会掉下去，就是故意往下跳，也需要有一定的技巧才能做得到。学校的想法是好的，怕那些想不开的爱情男女，有个什么闪失。但事情往往是功夫不负有心人，想要跳的，千方百计总还是能跳下去。

七七想要飞的念头可以说是一日比一日强烈，她就想感觉一下。哪怕就一下，不用两下，更不是三下。但，很难。因为她要的飞，是和鸟一样的飞。世上不缺的是像，但说到"是"，却没有那么好找。就像她有一天心血来潮想写诗，把本应横着写的字，都写成了竖的。看起来，是很有些诗的样子了，也都一个个站得很挺括，但无论是谁看了都会觉得那离真正的诗还有很远的距离，只能说，和诗长得有些像，但没有人能说那就是诗。班里的一个男生模仿别人说话简直是惟妙惟肖，就和真的一样。无论谁听了都会说，像，真像，真是太像了。但没人说，那就是谁谁。你学得再像也就是像而已，离"是"总还是有距离的。但，人就是这样。想，就是想了，很难再回到从前没有想的时候。七七对飞的渴望在毕业那一年达到了顶峰，她决定去蹦极。

"坠落得飞快，快到底的时候，又弹上去一截，然后又下来，又弹上去。我完全不像一只鸟在飞，倒像被人从空中抛下的一段木头，完全没有张开双臂过，一下也没有，只是随着绳子的上下做着机械运动。从绳子上解下来，我已经完全不会动了，脸上满是水一样的液体，因为从嘴角到整个脸都是，所以没人知道那究竟是泪还是口水。从那之后我就彻底断了这个念头，我知道我只适合做飞翔的姿势，永远飞不了。"

七七说得很平静。云凌却闪过一丝落寞，她没有想到在七七身上亦能够看到自己的身影，它们无处不在，像柳絮般到处钩挂、漫天飞舞。

转眼已经到了四月，又到了云凌最不喜欢的春天。"午后"一直问云凌什么时候回去。

云凌说：

快了，是该回去了，不回也许真的回不去了。

第四章

可能发生的事

一

云凌踏上归途那天，艳阳高照。临走，七七过来抱了抱她。七七始终没有说过挽留的话，七七就是这样，如同前一晚给她塞钱，话里丝毫没有客套的成分，直接说，不收就绝交。

在火车上云凌望着窗外，风景和来时一样还是快速消失在了身后，唯一不同的是她的心情，现在"午后"已经在"丁丁甜点"等着她，她要先见完"午后"再去见母亲。至于宁远，那是以后的事儿。很奇怪，最初本来是因为宁远才选择离开，此刻归来见宁远却变成了最不重要的一件事。

车上的人因为短暂地踏入一小段固定空间的缘故，没有人再行色匆匆，有的只是休憩。在这样固定的空间里如果不打扑克、不看书，就只有发呆。在发呆的时间里云凌没有回想起过往，更没有设想以后，随着车厢咣当咣当晃，她只是单纯发呆。某个瞬间，她会有种一直延续下去的冲动——就这样，什么都不用想一直延续下去。

"午后"远远站着等她。云凌有种熟悉的感动升了起来，似乎她们原本就该如此。"午后"像七七送她时一样，抱了抱她，走时她们尚且没有这样抱过。"午后"的头发已经长长的了，恢复了她们第一次见面时的样子，一笑显得温柔而妩媚。桌子上摆着一杯青柠汁、一个榴莲酥、一杯酸奶。看着熟悉的摆设云凌笑了。坐下后她把手叠在"午后"

手上，很久才说：

"真好，你头发长了。"

"午后"摸了摸头发说："嗯，一年时间并不算短，你呢？怎么会剪了短发？"

"早剪了，这样挺好，利落。"

"云凌，你剪了短发像是变了个人，脸形也变了。"

"可能吧，像你说的一年不算短。"

"说说吧，七七的店六七年都没变化过，你一去就大变样，穿珠子穿得还挺带劲的？比当咨询师好？"

"人总要变吧，看着店在自己手里越变越好，会有成就感，也许以后我在这儿也会开一个。"

"别，让你散心去了又不是让你下海开店。你现在知名度那么高，老板现在一定不会开除你，没准儿为了留住你还会加薪呢。""午后"喝了口青柠汁露出了狡黠的笑继续说，"你准备什么时候见宁远呢？"

云凌摇摇头。

"躲他？"

"不是，是没想好见面说什么。"云凌淡淡地说。

"午后"皱了皱眉："怎么了？难道真像你自己说的把他戒了？"

"也不是，只是不想再那样下去，每天什么都不干只是在情绪里不停纠结。"云凌说。

"午后"往前探了探有些神秘地说："想不想知道宁远有没有变心？"

云凌看着"午后"，面庞从未有过的平和。

"真的不想知道？"

云凌用手撩了一下前额的头发说："那个不是最重要的。"

"午后"有些惊讶地瞪大了眼睛："哎，你走的时候不就为了试这个才走的吗？不就是想知道他到底爱不爱你，变不变心？"

云凌往后靠了靠，那个姿势让她更舒服，看着墙上新推出的甜点广告冲服务员摆了摆手。

"就这个拿两份。"云凌指指广告。

"午后"看着云凌犹豫地说："你不会在那边有了新认识的人吧？"

"怎么会？和七七在一起就是开店、吃饭，吃饭、开店，除了穿珠子哪还会认识什么人？你的联想可真丰富。"

"午后"嘘了一口气：

"这就好，是我给你出的主意，我可不想真的打散了鸳鸯。你到底在想什么？"

"午后"看云凌的眼神有了探究的成分。

服务员端来新甜品，云凌吃了一口说：

"嗯，不错，赶紧尝尝，真的不错。"

见"午后"一副诧异的表情，云凌在"午后"眼前晃晃手说：

"吃吧，别盯着我看了，宁远我当然会去见，但现在最重要的不是他爱不爱我，两个人在一起舒适和对等很重要，舒适了才能长久，对等了才能平衡。我不想一辈子只纠缠情爱这一件事。"

"午后"看着云凌，简短的发型让云凌的下巴突然有了棱角，但改变的绝不只是发型那么简单，整个人其实都变了，对面坐着的已经不再是她认识的那个喜欢无限联想的女人了。"午后"说不出是失落还是恐慌，当认识到这一点，她们之间原有的默契短暂地受到了某种打击。

母亲看见云凌就像她只是走了一个星期，没有惊喜也没有陌生。吃完饭招呼女儿坐下，开始给云凌放她录好的节目——《遇见女孩儿凌》， 边放一边很白豪地说：

"全套的，我录了全套的，你好好看看你妈那集，他们都说我完全不像快六十的人，你看看，我还做了头发。"

云凌看着屏幕上自己的照片随着配乐滚动播放的时候，闪过一丝难过，无论音乐还是布局都更像是一场追悼会。她的同事、老板，她认识的人在屏幕上出现的时候，一律都面带惋惜的神情。林金生还是那么胖，母亲的确看起来保养得很好，但还是可以看出老态，她怀疑母亲一生津津乐道的就只有自己的容颜，所以当人赞美的时候，总是能正中下怀，丝毫感觉不到别人是客气还是嘲讽。母亲的自信究竟是哪儿来的？她有些诧异。当屏幕上所有的人都或流利或艰涩地说着她，云凌发现别人嘴里的自己远比自己本身更丰盈、更立体。前台的小姑娘还讲了好几个关于她的小故事，云凌完全不记得自己曾经做过。里面唯独没有宁远。此刻云凌才觉得心里有些隐隐难过，是的，爱或不爱的确不是最重要的，但是爱却也并不是那么容易遗忘的。

"怎么样？我说得还好吧？你看，采访的时候，你没有教我，我讲得也不错吧。"随着节目播放母亲变得有些亢奋。

云凌点点头。过了一会儿母亲又从里屋拿出一本书。即使母亲不说云凌也知道一定是宁远的书。

"我只翻了几页，看不下去，有些混乱，也不知道他在说些什么。我见过他，人还不错，就是感觉心眼多。"

母亲很直接地说了自己的想法，没有像过去那样和云凌绕圈子。

云凌拿过书只是看了看封面没有继续翻。嘱咐母亲明天早晨给那个询问过她的张警官打个电话，不用多说，就说，放心吧，女儿昨晚回来了，就行。母亲点点头，突然有些可爱地笑着说：

"我都跟着你出名了，出去跳舞的时候别人一看见我就说，快看，这个就是那个失踪女孩儿的妈妈，看人家多漂亮，多有气质。不停地有人约我跳舞，我可受欢迎呢。"

云凌笑着回应：

"当然，你本来就年轻，一点儿不像这个年纪的人。"

只要是夸奖母亲从来照单全收，听她这么说，母亲眼睛笑得彻底眯成了一条缝。如果只是动动嘴就可以让一个为她操劳的女人开心，为什么不呢？

看着屋里母亲走动的身影，云凌突然觉得十八岁那一年真的是走远了，包括一切的心情、纠结。那晚，云凌把所有旧衣服翻了个遍都没有找到十八岁生日那天母亲为她特意准备的裙子——白色的百褶裙。多年前的那个夜晚，她固执地没有穿放在床边的裙子，只是套着旧睡衣坐在摆了满满一桌菜的桌前。桌对面的母亲特意吹了头发，做完饭还换了一身冰蓝色的裙子。母亲端着酒杯，脸上多少有些尴尬浮现出来。那样一个夜晚，特意为她准备的夜晚，她竟然穿了旧睡衣，只有母亲是正式的，正式地喝酒、正式地说话。

　　现在，她完全想不起来母亲具体说了些什么，能想起的只有母亲的正式和她的抗拒。她已经不能完全理解从前的自己，如同不能解释这个夜晚固执地找寻那条裙子的心情。还有一些零星的衣服、物件，她也是陌生的，一样的。她也不能完全明白母亲一直留着这些东西的初衷，还是只是因为时间的流逝完全忘了丢弃它们。她不知道，就像多年前那个雨天一样，此刻唯一缺少的只是母亲忙碌的身影。

　　云凌整晚都没有睡踏实。总感觉自己还在远方，还在他乡。早晨听见外面有人说话，知道应该是找她的人到了。

　　接到电话不到半小时张胜就站在了云凌家客厅。

　　关于云凌的案子，随着《遇到女孩儿凌》节目停播，大家很快忘记了有云凌这么一回事儿，领导也不再重视。好几次他去汇报，才说个开头就被领导挡了——这种小案件不要没完没了汇报了，时间一到结案就行。领导的不耐烦显而易见。对于这样的结果张胜并不意外：所里有那么多已经定性的人命案都还悬着，一个小小的失踪案，而且是家属都不追究的小小失踪案能算得了什么?！破案经费都是死的，在这个案子投入多一点那个案子就会少一点。一切都在情理之中。

但对张胜而言所有的情理显然没有一条顾及他的感受。破案升职对他固然重要，更重要的是，在这个案子上他所有的付出以及所有的期望已经远远超出了案子本身。不提卷宗，也不提那些笔录，仅仅为了研究宁远他已经写了长达三万字的分析材料，对他而言停止研究这个案子就像终止一段恋情一样，几乎是不可能的，而且也不是他想停就能停下来的。

科室已经接了别的案件，白天他继续为新案件奔波、记录、找寻线索，晚上，一个人的时候，他仍会像过去一样翻阅关于云凌的种种记录，包括节目录像，他在找寻，他不甘心这件事就这样草草结束。向红电话打来的时候他正看着父亲的背影发呆，父亲显然比他要活得开心得多。唱着小曲儿，看着电视，关心着各种与自己毫无关联的新闻八卦，也是一种活法儿。听到电话里说云凌回来了张胜从椅子上弹了起来，挂了电话他使劲儿拍了一下掌。父亲诧异地看了他一眼继续浇花，看似不经意地说了一句："有合适的姑娘就带回来看看。"连父亲都以为他的兴奋是为了姑娘。他拍了拍父亲的肩几乎是雀跃着出了门。

云凌看着张胜礼貌地点点头，张胜也点点头。见他个子很高，穿着白色T恤、蓝色裤子，云凌立刻生出几分好感。张胜的目光在云凌脸上快速扫了一遍，然后不带任何感情色彩地说：

"因为立案了，所以需要到局里走一趟。"

云凌点点头，转身拿外套。

母亲出来见要带走云凌，有些急了：

"刚回来，怎么能走呢？在家里问不行吗？"

云凌看着母亲摇摇头示意没事儿。张胜又重复了一遍刚才的话。母亲临出门叮嘱她，中午回来吃饭。像是告诉她又像是故意说给张胜听。

询问的内容和云凌想的差不多。云凌一一回答。当听到问是不是宁远胁迫时，云凌有些奇怪怎么会有这样的想法，所以迟疑了一下。

"你不要怕，既然你已经平安回来，那我们就一定会保护你的安全。"

"哦，没有没有，怎么会呢？我真的是想要走开一段时间，冷静思考一下之前的生活。"云凌说。

"真的不要有顾虑，一切都可以说出来，你再想一想。"张警官不甘心地重复了两遍。

"我是个很正常的人，我很肯定自己在说什么，不需要任何诱导，我已经说过的话也不希望一再重复。"云凌说完，张胜无奈地点点头，知道和一个心理咨询师对峙很难占到上风，于是合上记录本说：

"好吧，今天就到这里，想到什么直接打电话给我，这是我的电话。"说完在纸上写了号码递给云凌。云凌看了一眼纸说：

"好，回头我发短信给你。"

临出门云凌用眼角余光又看了张胜一眼，碰巧张胜也在看她，目光接触的瞬间两个人都笑了。云凌一出门身影就被强光遮掩了。张胜眯着眼睛看着门外，感觉自己又一次找到了案情的方向，云凌这个当事人才是案件最好的突破口。

二

张胜打电话让去结案，宁远才知道云凌已经回来了，那时距云凌回来已经过去了五天。打来电话的时候宁远和王律师正在顾总的陪同下和新公司就合同细节进行最后谈判。说是谈判，其实只能算是合同移交。新文化公司有一整套很完善的律师团队，仿佛人多力量大似的，宁远请来的王律师在对方强大气势面前完全没有了上一次的从容反击，更多的时候是点头，即使辩驳也会很快被对方客气却有依据地驳斥回来，剩下的还是点头。宁远也曾质疑过顾总转让合同的合法性，结果和律师研究下来才发现：顾总很聪明，整个公司表面看已经被大公司兼并，宁远如果不同意合同转移那就只有单方撕毁合同，还要付违约金。王律师说，顾的公司应该不是被兼并而是挂靠，现在这种情况很多，最后大公司就变成了集团公司，小公司算是子公司，经济其实是各自独立的，但是操作的时候永远是大公司牵头，可以抽点数，从账面上看又很难抓到什么把柄。既然不能违约那就只能硬着头皮往下谈。不知道为什么，他开始有些灰心。接起张胜电话，宁远皱着眉头说：

"我在谈合同。"本来打算说完就挂电话，张胜语速很快地说云凌已经回来了，他抽空可以过去结案了。

"云凌回来了？"宁远脱口而出。

"嗯。"

张胜的话突然少有地变简洁了。屋子里所有人都听见了他们的对话，顾总的眼睛瞪得老大，用手摸着下巴看着宁远。宁远面无表情地直视前方然后回顾了所有人一眼走了出去。

晚上宁远和王律师喝酒，两个人头一次除了工作谈起了别的，别的其实也不过是饮食男女，喝了酒的王律师话明显比平时要多。他谈到了女人也谈到了"爱"，说到"爱"，王律师用力拍着桌子，似乎唯有用力拍打才能表达"爱"这个字眼，王律师叙述得断断续续，宁远也说着自己和女人们的故事，一样也是断断续续，整个晚上，他们就一直那么喝酒说话、说话喝酒，滔滔不绝。

一场雨让宁远情绪变得更加低落。他不能理解云凌的态度。连日来不断地受挫让他有种被打回原形的感觉。雨哩哩啦啦地下了一整天，到了晚上宁远一顿像样的饭都没吃过。随着屋内光线渐暗，他像一个剪影一样在屋子里来回移动着，电视机时明时暗的光影不时扫过他的身体和屋子里的家具，家具的轮廓时隐时现，墙壁上的宁远高大威猛，移动的时候像风一样飘忽，静止时完全是中世纪的斗士，具有无边雄厚的力量，与他平时的形象有着天壤之别。连平时灰溜溜的沙发也忽然变幻成了柔和细腻的线条，在迷幻中甚至现出几分妖气。从冰箱里拿了一听啤酒宁远重新把身体陷进了沙发里。最近，没有应酬，没有了采访，连座谈会也少得可怜，宁远的时间又像过去一样变得丰盈起来，不但三顿饭的界限模糊了，白天和晚上也随时随地可以衔接、互换。

他的生活完全可以以云凌为界限划分为这边、那边。在云凌走以前是为盲目而奔波。在云凌走以后是为书而奔波，云凌走后或者说是暂时走以后，常常感觉自己在漫无边际地游走，而现在他又变成了一个送货送到一半被告知不用再送的人一样，貌似可以卸下一切，不必急着赶路，其实就是被搁置了。像在茫茫大海中的轮船，没有乘客只剩下舵手了，就连舵手也名不副实。想一想，从一开始到现在，自己什么时候真正掌过舵？没有，一次也没有。包括最难忘的第一次男女欢爱，那也是除了云凌之外他还唯一有印象的一次欢爱。

那天雨也下得很大，可以清晰地嗅到空气中弥散的泥土和雨水混合起来的像青草一样的气息。宿舍里只有他一个人，其他人有的跑工作，有的和恋人依依惜别处理千丝万缕的善后，毕业在即几乎每天都是这个样子。

每个人的时间都是有限的。像一杯有限的水一样，这个人喝了，那个人就没了，而别的挤在你时间之外的就只有告诉他没时间的理由了。理由很充分、很具体、很客观、很合情合理，其实不过是借口罢了。理由约等于借口。在某段时间里，总有你最想要见的人，最想要办的事，如此而已。就在这个雨天，他就推了两个约会，理由是雨太大了，真正的原因是他根本就懒得动。

晴浑身湿漉漉地站在了宁远面前。那一瞬，他突然变得很木讷。在这之前他们只是最普通的同学，最一般的朋友，晴完全不是宁远心目中女人的首选，不仅不是首选，连次选也谈不上。

　　宁远过度自傲，因为自傲常常会生出些自卑的情绪，晴则过分热情，热情到完全不介意别人的目光。宁远一直以为自己喜欢的是那种风轻云淡的女子。他的木讷并不是因为晴的主动到来，晴一向是比较主动的女孩子，也曾大声说过喜欢他，但是他当玩笑忽略过去了。晴长得健康丰满有余，灵巧不足。但很奇怪被雨淋过的晴看起来却与平时判若两人——完全没有了笨拙。头发湿淋淋的有一缕垂在脸颊上，衬着有些发红的脸庞竟然妩媚无比，湿衣服紧紧地贴在身上，整个身体胀鼓鼓的，弹性十足，呼之欲出。此刻的晴更像一个需要剥开的荔枝一样，鲜嫩、多汁，确切地说，汁水都流了下来，一滴一滴地往宁远的心脏上滴，他的手、脚都要木了。

　　连他自己也不知道是怎样把晴抱在怀里的，总之在怀里了。他剥开了她。那么难脱的紧贴着肉皮的湿衣服，他很麻利地就脱了，不只这些，脱胸罩的时候，他也没费吹灰之力。面对光滑赤裸的像鱼一样的晴，宁远兴奋、紧张，甚至慌乱得有些不知所措，相比之下，晴在度过了最初的羞涩后显出了出人意料的镇定。后来她用手试着引导宁远顺利进行下去。男人是渴望引导的，但更多时候男人是不需要引导的。男人只希望被冥冥之中的某种东西引导，或者说在完全不知情的状态下被引导。所以晴的引导并没有使宁远进行得更顺利，反而使他更慌乱、更难堪，最后几乎带着一些懊恼胡乱冲撞着结束了这一切。因为难堪，宁远开始躲避，事实上第二天站在阳光里的晴也的确又恢复了从前的笨拙，对于雨天曾经发生的一切宁远很多年都是恍惚的，但又的确有着深刻的记忆。

　　第一次的被动经历，导致宁远有了恋爱的择偶标准——安静的、听话的、柔顺的。喜欢云凌也是因为这些，眼看着和云凌相处得越来越默契，云凌却在没有任何征兆的情况下消失了，如果真的是消失，永远的消失，好吧，那么他至少会永远以为她是因为爱他。可现在看来，根本不是这样。云凌连电话都不打给他，只能说明他是可有可无的一个人罢了。对云凌、对文化公司、对小军，甚至对自己而言，都是这样，宁远开始把喝过的啤酒罐逐一捏扁，数了数共九个。

三

　　云凌知道自己在等，等属于他们两个人最后的一次机会。在等宁远急切地赶来，或者急切赶来的路上电话里追问她到底去哪儿了，这一年都干了些什么。可是没有，她已经确切知道他已经去结了案，宁远却并没有打任何一个电话给她。每天她都把之前的旧手机充好电，总以为可以等到什么，可是一切都像大学毕业那年一样，该消失的还是消失了。

　　她一直以为主动逃开的是她，现在发现其实暗合的是别人早已摇摆的心情，只是她更主动、更害怕，也更在意，所以才会想着离开，等着找寻。在那个遥远的小镇安定后，云凌每月三号都会打开旧手机一天，那天是她和宁远初次在一起的日子，宁远说，他最喜欢这个数字，三是有无限延展的数字，还说会一辈子都记得。云凌一直以为他总会在某个月的那一天因为强烈想念她而拨打电话。一次都没有。就算回来，她也还是在等，一样，也没有。这一切让她明白他从未急切地想要知道她的下落，当然也从来不曾急切地想念过她。如同多年前毕业的那个前夜，无论男孩儿和她曾经说了多么甜蜜的话，他一定不曾深刻地想念过她，否则他不会完全不找她。而这一切又是她不用飞蛾扑火最好的理由。黑暗里她有了笑意。

一个月后，云凌彻底停掉了旧号。林老板并没有像"午后"说的，为了让她回去而提加薪的事儿，只找过她一两次。说，如果愿意可以回去，一切照旧。她说再等等。林老板临走还说，录节目一定要去找他。云凌笑着没有回应。她一回来母亲就让她准备准备，说《遇到女孩儿凌》的节目组一定会来录她的，他们曾经说过如果她回来一定要录一期《云凌归来》之类的节目。一个月后向红给当时编导留的电话打过去，结果关机。向红又亲自跑了一趟电视台，去之前她一直和云凌念叨：我答应人家，我说话要算数是吧。结果在电视台，向红不但没有找到编导，问话也一直没有人理她，后来一直嚷嚷才有一个姑娘过来劝她走吧，说编导啥的本来就是临时的，节目一撤人也就撤啦。向红说，他走了你们可以拍啊，收视率会很高的，《遇到女孩儿凌》你们不知道吗？女孩儿很同情地看着她说：

"阿姨，不要说半年前的节目，就是刚结束一周的节目大家都会忘记，况且您姑娘又不是明星，明星现在几个月不露脸也没有人再记得，现在谁有心情没完没了关心别人的事儿啊，就是起个哄，过去就过去了，现在最火的节目是《猜猜看》。您回去搜搜，三台，好看着呢！"

向红没有和云凌提起这一切，回家只说：

"导演走了，走了就走了，别的人，我也信不过，爱拍不拍吧。"

云凌看着母亲笑了笑，她们又开始恢复过去的心照不宣。

"午后"知道云凌开着旧手机等宁远还是从七七那里听说的。问她为什么不明说。云凌低了一会儿头说：

"你和我其实一直都知道自己真正的症结是什么。尽管宁远不打电话我是伤心的，可是也许只是冥冥中帮我做了个决定而已，契合了我的某种想法而已，所以他爱不爱我从来不是最重要的。你也一样，沉迷于过度想象过度叙述的真正原因并不是多重人格。""午后"的笑迅速隐去，像被人击中却又不甘心地问：

"那是什么？"

云凌犹豫着，看着对面女人越发忧愁的脸还是说：

"你对现实生活感到乏力，只有沉浸在对往事不断的叙述里才能让你得到短暂的安宁，因此你的叙述从来比你的生活更真实。你迷恋叙述，为了可以让这种感觉一直持续下去。你甚至可以创造出好几个虚拟的自己，可是真的有用吗？你的叙述、你的故事真的能替你一辈子生活下去吗？"

"你呢？""午后"脸上浮现出了一丝冷笑，"你还不是一样？在别人的叙述里找寻自己可怜的影子，在一味的等待里蹉跎自己的人生。你可曾真的踏入自己的生活半步吗？""午后"说完最后一个字后看了云凌一眼起身离去，云凌一直看着"午后"消失在门口，隐匿在人群中，不再转身。尽管"午后"的去意是那么坚决，云凌还是明白，用不了多久她们一定会在另一个更好的路口重逢。

晚上，云凌伸展胳膊的时候想起了七七常做的那个类似飞行的姿势，至少七七试过，或许七七该多蹦极几次，她发短信给七七：

"有时间，我们一起去蹦极吧。"

又给张胜发一条：

"我是丁云凌，这是我的电话。"

很快，张胜回信：

"好的，很高兴认识您，改天有时间一起吃饭吧，很多关于心理学的问题想请教您。"

云凌迟疑了一下回复：

"好的。"

半年后的一天，正在播出的电视节目下方一直滚动着一条消息：著名作家宁远新书再版，于二十号将举行读者签售研讨活动，届时日记的女主角——梁鸿雁女士将跨越大半个世纪首次现身，讲述她如何在宁远的新书里跨越过生死、凄美、虐恋的一场真正爱情，欢迎参加签售研讨。

消息下方用更小的字写着电话和报名方式。那条消息和当天所有消息一样，忙碌地滚动着，但无论怎么热闹、忙碌，它们最终都难逃被更为忙碌的脚步所淹没的命运。

但，云凌还是看到有水花溅了出来，她的、他的、他们的。

图书在版编目 (CIP) 数据

月光花下的出离 / 李燕蓉著. — 北京：北京十月
文艺出版社，2016.10
ISBN 978-7-5302-1630-9

Ⅰ．①月… Ⅱ．①李… Ⅲ．①长篇小说—中国—当代
Ⅳ．① I247.5

中国版本图书馆 CIP 数据核字 (2016) 第 213476 号

月光花下的出离
YUEGUANGHUA XIA DE CHULI
李燕蓉　著

出　　版　北京出版集团公司
　　　　　北京十月文艺出版社
地　　址　北京北三环中路 6 号
邮　　编　100120
网　　址　www.bph.com.cn
发　　行　新经典发行有限公司
　　　　　电话：(010) 68423599
经　　销　新华书店
印　　刷　三河市三佳印刷装订有限公司
版　　次　2016 年 10 月第 1 版
　　　　　2016 年 10 月第 1 次印刷
开　　本　880 毫米 ×1230 毫米 1/32
印　　张　7
字　　数　148 千字
书　　号　ISBN 978-7-5302-1630-9
定　　价　29.00 元
质量监督电话　010-58572393
如有印装质量问题，由本社负责调换